ONE MORE SIDE

听说秒速是5厘米

嗯？什么？

樱花瓣下落的速度

每秒5厘米

秒速5厘米

（日）新海诚 原作
（日）加纳新太 著

冷婷 译

北京联合出版公司

目录

第一话 樱花抄   1

第二话 宇航员   111

第三话 秒速5厘米   215

第一话

樱花抄

昨晚，我梦见了过去。

这一定与昨日发现的那封信有关。

果然，或许当时就应该把那封信转交给他。而这份心情正是我当下提笔书写的动力。

下面我会写下我幼年和少女时的故事。

但我缺乏写完的自信。因为正是当年那份无以言表的绝念，导致我没能将"写满心声"的信纸交给他。

虽然现在再次挥笔，但一想到那日的经历，不知是否已不在意，所以总有些踌躇不定。

可即便如此，我认为还是应该把那封信交给他。取出这封十年前未能转交的信件，我又从头到尾读了一遍，过去的自己令我倍感欣慰。

不过，此时我的内心有些自责，自责自己为何当时没有果断地将信件交给他，要是能对自己的幼稚及缺陷更宽容些就好了。

因此，接下来我要书写的就是迟到多年的书信文字。

16

虽然给我带来了诸多烦恼，但我还是想从转校时说起。

我有一股强烈的自卑感，但却是一股无聊的自卑感，无法在他人面前坦然说明自己的出生地就是其中之一。

在纷繁喧闹的东京生活，作为人与人接触的起点，出生地其实就是一个非常重要的话题，而我每次都会为此感到些许困惑。

听父母说，我的出生地是宇都宫。

可我却完全没有在宇都宫生活的印象，在那儿生根发芽的意识就更不存在了。宇都宫是母亲的出生地，作为家庭话题我们也曾热聊过，但我对于宇都宫的一切回忆，也仅此而已。

上小学前，我们搬到了秋田。之后，又搬到了静冈、石川。

父亲在一家总公司位于栃木县的地方性电机公司任职，被派往各地分公司及营业所成了他的基本义务。

因此至今为止，我对于在栃木定居的印象也非常淡薄。

由于年幼时几度搬家转校的缘故，我没能对自己的孩童时代留下太过深刻的记忆。

无论搬到哪儿，我们的生活均未能太过深入。

我想，这里只是暂时的停留之地罢了。

这就是我从幼年到青春期时经历的基本形态。

那是在石川县读小学三年级时的冬天——

母亲多次念叨明年就要转校了，为此，除了终于能逃离这里的微微喜悦之外，一股又要重新开始的强烈恐惧感油然而生。

"这次要去东京哦!"

母亲的语气里充满了幸运之情。现在回想起来,对父亲的工作来说这确实是件幸运的事吧。但在我看来,东京的地名发音着实有些饶舌,故而有种不吉的预感。

"迄今为止的我,对学校、城市、人际关系等事物抱有的是一种毫无眷恋的心态,想必今后亦是如此吧!"那时的我漠然地预想着。

我拜读过跟我一样,小时经历过多次转校的人的随笔。

书中,他们记录了每个城市的样子,以及那股依依不舍之情。

可我却丝毫没有那样的从容。因为要是像他们一样认真审视四周的话,就会和他人的目光相交汇。

而一旦与人目光相撞,我就会变得语无伦次。

在语无伦次的话语中,有意义的内容总是少之又少。所以为了不与任何人有目光上的交流,我选择了低头行走这一最好的防备。

无论经历了多少次转校,我依然感觉恐怖不安。

新环境与陌生者均无法令我高兴。

被与自己差别巨大的语调所包围、每个地方不同人际关系的独特性、陌生的建筑物、互不相识的居民、除我之外班上同学彼此都非常熟悉等,这些不公平的状态只会令我越发恐惧。

不管是否出于本意,但每次被带到一个新地方时,支配我的就是全身紧绷的肌肉感。

班上同学的小举动及毫无意义的话语给我增添了不少压力。

其实,只要抑制住这股恐惧便好,可我却怎么也做不到。

恐惧意味着"软弱"。

而软弱则只会给孩子间不够成熟的交流带来一种名为"恶意相向"的信号。

我每日的心情都不好,每刻都充斥着一种抽筋般的呕吐感。

如果呕吐感太过强烈,就无法上学。但这种想法却让我更想呕吐。

不过,单纯的空气感及气氛之类的东西我还是能勉强忍耐。

此时只要不深吸气,只要安静地呼吸让肌肉紧绷,时间就会自动地流逝。

忍无可忍意味着自暴自弃。

我无法堵住自己的耳朵。用手捂住的话,对方会向我投来更高分贝的声音。

至今为止,有些话语我仍然无法忍受。小孩为了欺负人而常常使用的那些单词一直纠缠着我,就连老师偶尔也会蹦出这样的话语。

最近,我完全明白了一个道理,那就是在孩子的空间,大人也会变得很孩子气。

我虽然如此这般静静地等待着时间的流逝,而且我猜想或许到死的那一天亦是如此,但我却想不出逃离这一状态的方法。

确切点说,应该是连"可以逃离"的想法都没有。身为孩子的我,只能默默地忍受着一切强加给我的事情。

对我而言,唯一的救赎就是读书。

一个人独自沉浸在丰富的知识海洋中,这是我当时认为最美妙的事情。

即便今日,我也是这么认为的。

读书能让我的心飞往另一个世界,能让我得到救赎。

翻开书本,我恍如他人,拥有的是与现实截然不同的境遇,它能将我带入意想不到的故事中。用心看见的故事里的风景比平日见到的风景更为艳丽。

我屏住呼吸,闭上双眼,让现实的每一天在我的感观之外流逝,而心则飞到了另一个世界。通过书本,我学到了很多知识。

那时,具体地说应该是小学三年级的时候,C.S. 路易斯的《纳尼亚传奇:狮子、女巫和魔衣橱》紧紧地俘获了我的心。

衣柜里存在着另一个世界,那里居住着太阳之兽,还有冬之女巫……我不断幻想着那个世界,甚至到了沉迷的地步。这份持续不断的幻想,似乎没有厌烦的一天。

当然,现实中我也曾多次打开自己家的衣柜,虽然我知道那里并无其他世界的入口。

每每翻开书本,都宛如打开假想橱门般令我兴奋,而我的心总是迫不及待地飞往那个世界。(或许路易斯本人并没有意识到"打开"

这一行为的类似性吧！）

我真正的栖身之地就在这里，就在那扇想象力之门的内侧。

当被告知明年春天就要搬到东京生活时，我抱紧了手上的书本。与此同时，我拼命压制着那股涌上心头的恐怖之感。

我已经知道会在东京发生什么事。

站在讲台上，被兴趣十足的视线包围着，然后兴趣会转化成失望，最后围绕着我的只剩厌烦沉闷的气氛。

而且，我也没想过自己会做出任何反抗，也不知道哪里有扇可以逃离的大门。

我只是死死守护着想象力之门内侧的那个特殊世界而已。为了保护这片小小的领域，我只能默默地忍受来自外部的各种痛苦。

拼命忍耐，是我唯一知道的生存之道。

恐惧会随着周边环境的改变而加深，加深后的恐惧则会给我带来更多的负面影响。

无论走在哪里它都没有丝毫消失的迹象，也许它会持续到我离开这个世界的那一天吧！因此，无论在哪里，无论在什么样的环境下，我都感受不到"这里就是我的栖身之地"。

当父亲的"老爷车"驶进参宫桥新公寓时，我的眼神应该跟往日一样忧郁吧。

汽车行驶期间，我并未透过车窗欣赏一幕幕急速后退的风景。这些新城市的新面貌,我一点也不关心。

因为最终只会让我体味到一种感受。

那便是一切又将从零开始。就像被油漆重新刷涂过一样,我知道,体内那股隐隐的痛楚只会变得越发浓烈。

我将头靠在车窗上。

我想,假如我的身旁一直都有种像车窗玻璃一样坚固透明的保护层就好了。

因此,打开车门时发出的哐当声让我倍感不吉。

鞋底与停车场沥青地面之间的接触,以及充斥在寒冷的空气当中的刺骨冷气,让我感到无比讨厌。

还有一周左右就到新年了,又得独自一人前往陌生的地方。

只是稍微想象一下,我的胸口就已然为之一紧。恐惧的毒素从胸口蔓延到了指尖,紧接着布满全身。

那时,我在默默地思考何为死亡。

这类事情会持续下去,而我无法再继续活下去的实感却在体内萌生。

这并不意味着我想寻死。当然,我也没有自我了断的勇气。

持续体味这种心情,不仅力气会被吸取,身体也会一点点衰弱,甚至连身影也会变得越发浅薄——自己会不会像雪花一样突然消失呢?我持有这样的幻想。

但那并不是一个讨人嫌的想法。停止呼吸,停止心脏的跳动,意识开始逐渐分散消失……要是能这样,那该多轻松啊!我幼稚的头脑里正在幻想着这样的画面。

然后,我在这片土地上遇到了远野贵树。

15

讲台的高度总让我感觉头晕。

明明只是高出地面十厘米而已,但一看见讲台,我就会颤抖,我的心就像跌入谷底般沉闷。一对对目光向我凝视,一张张相貌不一的面孔正对着我。

在那些目光深处,在那些面孔里层正埋藏着怎样的秘密?对于他们的想法,我一个也不明白。

此时,不知从何处传来一阵笑声,我的肩膀自然而然地开始紧缩,我将身前紧握的双手移到了胸前。

黑板与粉笔摩擦,发出悲惨的吱吱声。我胆怯地回过头去。

顷刻间,笑声变得清晰起来,我的内心越来越忐忑。只见"筱原明里"这四个字竖向排列在黑板上,随后老师将手搭在我的肩膀上,轻轻地将我转向了正前方。与老师双手的接触让我的肩膀变得越发僵硬起来。

"这位是从今天开始要跟大家一起学习的筱原明里同学,希望大家能跟她好好相处!"

女老师话音刚落,便开始催促我跟大家打招呼。于是,我一边行礼一边用颤抖的声音向全班同学做自我介绍。顿时,教室里开始议论纷纷。

不知是谁说了句"好奇怪的名字",然后教室就被一片笑声笼罩。

之前转学时,也常常被人这样评价,所以这让我对自己的名字产生了一种奇怪的情绪。

虽然老师当下就责备了说这句话的孩子,但态度并不那么严肃。因为大人不会做出与现场气氛相悖的事。

那时的我很多想法都还比较幼稚,但对于学校老师并没站在自己这一边的事实还是十分清楚的。

被指定座位后,我走下讲台,膝盖在不知不觉中变得僵硬。穿梭于课桌之间,我的大腿颤抖不已,步履也有些蹒跚。

为何我的身体无法随着意念行动呢?怀着悲伤的心情,我暗自琢磨着这件事。

通道两旁的座位上,男生女生都低下头,压低视线后从侧面偷瞄观察我。

我感觉自己颤抖的双手及晃动的裙摆正在被这些视线抚摩,毛孔瞬间紧闭。

视野逐渐变窄,焦点无法固定。

视野开始扭曲。

为何我的座位如此遥远?

我稍稍垂下头,继续前行。

就在这时——

私语之声飞入耳中。

"没关系,别紧张!"

我被吓了一跳,后背不禁立马挺直。多亏这个声音,才让我知道刚才自己的后背有多弯曲,扭曲的视野也瞬间恢复了正常。

虽然想驻足环顾四周寻找声音的主人的欲望正在驱使着我,但我还是无法不顾一切地跟随欲望。正当纠结难解时,我终于走到了最后一排,站在了为我准备的座位旁。

很多同学都回过头来看我,但我仍像往常一样,将目光定在了课桌上,并因此逃过了这些回过头来注视我的视线。

是谁?

那个冲我低声私语的人是谁?

因为声音太过微弱,以至于我开始怀疑自己是否真的听到了那个声音。

其实,全班只有我察觉到了那个声音,其他人并未注意到。

不过，我想……那应该是个男生的声音。

老师砰砰砰地敲了敲讲桌，大家的注意力都移向了讲台，而我则一直注视着前面一排排的后脑勺。

第一节课下课后，同学们都目不转睛地盯着我，然后渐渐地聚集在我身旁。

我被一堆人围住后，类似于你从哪里来的、为什么转学、生日是几月几日的问题接二连三地向我掷来。

我想从眼前这些面孔中找到"那个声音"的主人。打定主意后，这一想法便在我的心里膨胀，以至于我几乎都是在敷衍回答其他人的问题。

"没关系，别紧张！"

这个声音一直在我心头萦绕。

我非常在意这句话。

这句话到底是什么意思？

太多回声，令我无法仔细回味"没关系，别紧张！"这句话的具体含义。

我开始发呆。

仿佛被施了魔法一般。

其实——

我很想听到别人这样对我说。

现在我终于明白了,这就是我每次来到一个新地方时迫切想要听到的一句话。

虽然我仍不知自己想要追求什么,但这百分之百就是一个九岁孩子正在追求的话语。

我的不安被理解了,而且产生了共鸣。

我被秘密地视为了伙伴——

这一切宛如对我施了魔法般令我着迷。

虽然只是一句低声私语,但它却按直了我的脊背,抬起了我的头。

这是为何?与以往的转学经历相比,我似乎没有那么恐惧了。

我睁开双眼,焦急地注视着周围的一张张面孔。而我敷衍回答问题的表现被一个看似固执,且或许拥有领导权的女生给善意地误解了。

她以为我一定是被这些突如其来的诸多问题给吓住了。

实际上,语无伦次是我长久养成的说话习惯,但我对她的善解人意颇感诧异。

原来如此,只需抬起头,一切皆会不同啊……

我第一次感觉转校第一天竟然也可以如此美好。

当日,我便找到了声音的主人。

在花费大把休息时间不停环顾教室后,我终于把目光落在了一个人的身上。我想,应该就是他。

亲切和善的女同学告诉我现在需要转移到其他教室上课，而我则偷偷注视着那个人。

他在跟朋友聊天，那副神情宛如什么也没发生过。他时而兴奋地将视线移向我，时而倾听着对方的发言，时而又与对方发生争辩。

通常来说，迎接完转校生后，部分人会对转校生充满兴趣，部分人则是抱着完全不感兴趣的态度，除此之外别无其他。

可他却不属于这两种中的任何一种。

虽然不感兴趣，但又不是全然置身事外的感觉。换言之，他采取的是中立、暧昧的态度。

此时，我——

在我看来，他是与其他人截然不同的生物。

我能清晰明了地感受到他的那份不协调感。

乍一看他似乎与周围的气氛十分合拍，但同时又给人一种若即若离的感觉。

在他与周围人之间，好像隔着一层比玻璃稍薄的薄皮。

虽然这层距离只有米纸那般厚，但那里却存在一个与现实不同的异次元世界，可大家似乎都没有注意到这件事。

我对那个男生很感兴趣。确切说来，应该是只对他感兴趣。

可以的话，我想站在他身前再多看他几眼，我想知道他的名字。

然而，这对于一个转校生来说只能是痴心妄想。在全班同学中，唯独对他颇感兴趣，可我没有勇气向他人偷偷打听他的事情。因为大家都期待转校生可以与班上数十人打成一片，而不是只有他一人。

当天放学后，遇到一个与自己顺路的女生，于是我们一起踏上了回家的路。

像今天这样平稳、友好地度过转校第一天的情景非常难得，因此我十分激动。

虽然班上有好几位看似不太讨厌我的女生，但我的脑海中一直浮现的是那位男生的身影。要怎样才能知道他的名字呢？

我沿着学校的围墙往前走，发现围墙内每走几步就有一棵樱花树闪过。微风吹拂，花瓣从混杂着些许绿意的树枝上飘落。

即便每次转校都是春天，但也许这是我第一次将目光停留在树木与花朵间。

"这就是秒速 5 厘米！"我不禁在心里嘟哝道。

我的父亲透着少许孩子气，至今有时仍会从书店购买一些自己幼时阅读过的少年科学杂志。

我对杂志书页边缘小知识栏里的一句话记忆犹新，那便是樱花花瓣的飘落速度是秒速 5 厘米。换言之，当钟表中最繁忙的指针转动一下，花瓣就可接近地面 5 厘米。

而我则需以多快的速度才能接近那个男生？

年幼的我那时还无法理解这个比喻——但现已长大成人的我，有时仍会回忆起那日樱花飞舞的情景,以及"秒速5厘米"这句话。

14

没过多久,我便知道了他的名字,他叫远野贵树。

班主任为了让我尽快记住班上同学的名字,将班级花名册借给了我。

接着,我拜托了一位非常喜欢照顾人的女生,让她对照名单及本人为我一一介绍了一遍班上的同学。当然,我只是以记住全班同学名字为由趁机摸清那个男生的名字而已,而且我的意识里也只有他的名字。

迄今为止,我是一个十分率直的孩子,我从未萌生过任何表里不一的想法。因此,这次的做法令我自己都倍感意外。

然而,我只是知道了他的名字而已,再无其他。虽然我想接近他,但我不知该跟他说些什么。

我不知道该如何与之搭讪,而且倘若主动搭讪的话,一定会非常显眼。如此一来,大家的目光定会再次锁定我,事态也将往不好的方向发展。此时此刻,我的脑海中充满了诸如此类的负面思想。

最关键的是,我还没找到搭讪的话题……

再加上我有些惧怕男生。

男生性格粗鲁，嗓门洪亮，他们不仅会用高分贝的声音说一些恶毒的话，还会做出过分的事。这就是深刻在我心中的世界观。

而且，这让我联想到了很多故事里的大坏蛋，他们起初通常都会表现得十分和善。

因此，我尽量不去注视他。可是，视野的边缘还是捕捉到了他。我总会下意识地想他。

我记得第一次跟他说话是在转学的一两个月后。

班会及课余大扫除结束后，我走进了位于校舍二楼尽头的图书馆。

该学校图书馆的管理方针是只摆放纯文字的书籍，包括学习漫画在内的其他书籍均不允许进入图书馆。然而，基本上没有孩子会喜欢阅读纯文字的书本。虽然听闻以前不是这样的，但至少我不清楚。

所以，学校图书馆的书成为我一个人的读物。

虽然学校设置了图书委员会，但负责借书的孩子很少会按照值日安排准时出现在柜台。于是，我常常自己在借书卡上盖章，自己批准自己借书。

来到空无一人、悄然无声的图书馆后，我自然而然地屏住了呼吸，放慢脚步后轻手轻脚地在书架间行走。

因为要还书，我自行从放置在柜台上的借书卡储物盒中取出卡片，在姓名栏中盖上确认还书的印章后将卡片夹在了书中,最后给书套上保护膜将其放回了书架。

  我沿着墙壁慢慢往前走,穿过几行书架,突然,我停下了脚步——我的思绪也顿时中止。

  远野贵树君就在我的眼前。

  贵树君目不转睛地注视着一本摆放在比他稍高些的书架之上的书本封面。

  然而,我并不认为他真的只是在注视封面。

  他在注视穿过书架的东西——倘若书及书架都是透明玻璃,那他一定可以看见里面的东西。因此,他只能模糊不清地注视着。话说回来,这只是我个人的看法而已。

  书架的正对面是一扇朝南的玻璃窗,阳光透过窗户倾洒进来,书架上整齐摆放的书本全都沐浴在一片金海中。

  淡淡的夕阳照射着他的后背。

  颈脖的汗毛被染上了金色,他的身影斜射在书架上。

  我犹如磐石般死死地注视着眼前这番如画般的光景。

  当我回过神来正准备逃离时,他注意到了我。与此同时,盯视书本封面的目光也移向了我。

  "那个……"

  他嘶哑的声音从我身后传来,我瞬间僵住了。

于是，我停下了脚步。

此时此刻，我听到了自己心脏加速跳动的声音。

我感觉自己的身体正在发送紧急信号。我这是在害怕呢，还是在期待着什么？我自己也迷糊了。

"筱原明里？"

听到自己名字的时候，我越发有些惊慌失措了。虽然我很想逃离，但我的双腿却怎么也不听使唤，一步也迈不开。为了更好地保护自己，我只好紧缩身体，将书本紧紧地抱入怀中。

"你是来还书的？"

"欸？"

"我接着借这本书，可以吗？"

他的语气中透着一股轻松爽朗的气息……当我察觉到他用手指着我怀中的书本时，我顿时浑身虚脱。

夕阳下，他那率真蒙胧的双眸显得有些刺眼。我的心中响起了警戒枷锁被开启的回声。

起初，无论他问我什么，我都只是轻轻摇头。我记得当时自己缩成一团，一言不发。

然而……

"我也是去年转校过来的。"

当他向我表明经历的瞬间，我自然而然地向他敞开了心扉。

他跟我一样，有着多次转校的经历。

"最初是在长野，接着转到了三重、静冈，最后转来了东京。"我也曾经在静冈上学。

他的语速很慢，听上去很像一个大人在说话。声音却很小，总是稍稍思考后才发言。

其他男生在说话时总给我一种慌慌张张的感觉，以至于我吓得不得不缩成一团，可他却是个例外。他从不说脏话，所以我可以安心听他诉说。

我俩并排坐在了图书馆的地板上，倚着窗下的墙壁，谈论了很多只有在转校生之间才能产生共鸣的话题。

听着他的发言，我频频点头。同时，他也对我那些语无伦次的话语表示赞同。我们互相倾诉着双方都深有同感的事情。

无论什么样的事情，我们总是能立马心领神会。

带着这样的直觉与感悟，我们聊了很多很多。

而我也是第一次深切感受到原来自己说的话可以得到认同与理解的滋味是如此美妙。

窗外的阳光渐渐倾斜，颜色也越发红火了起来。夕阳照射在眼前的书架上，书皮开始渐渐褪色。

天色已完全变黑，我们朝着同一方向踏上了回家的路途。走到分岔口，我们难舍难分地向对方挥了挥手。此刻，我们当真已成为非常亲密的朋友。

随着交流的深入，我意外地发现我们是如此相似。

这一特性难道是转校生这一境遇创造出来的吗？

他和我都喜欢阅读。确切地说，我们对阅读的热爱已远远超出对球类、喷漆玩具、跟其他人一起思考新游戏、谈论无聊的话题却假装很有趣等活动的钟爱。

我们是知晓在自己心中渐渐孕育奇异世界有多么美好的孩子。

即便独处，也可以充实自己。对于这个想法，他是第一个提出赞成意见的人。

我俩的身体素质都不太好，所以我们常常请假休息，在一旁观看其他同学上体育课。

正因如此，我认为这才培养了我们安静思考的习惯。

当这一习惯开始很明显地显露出来时，我和他都曾被父母带往诸如心理科的地方接受治疗。因为搬家的关系，我们的治疗也开始变得随随便便，最后更是不了了之。

就像我们都非常擅长国语、社会学及理科一样。

尤其是国语，我们的考试成绩总能名列前茅。但是，我们却并不喜欢国语课。

我们非常讨厌那种诱导学生然后期待学生给出某一答案的课程。

当然，我们也有不太一样的地方。

与我相比，贵树君有主动融入大环境的意识。

他会在他人面前嬉闹玩笑，甚至突然做出一些意气用事的事情，目的就是确保自己在儿童社会中的最低地位。

虽然他并未很好地融入周围，但他会非常用心地尽量将其掩饰起来。通过这一方式，他持续守护着对自己非常重要的东西。

我想，应该只有我察觉到了他的这一面。

对于贵树君的这一做法，我倍感吃惊，但同时又觉得很新奇。要是我也能像他一样就好了……

长期以来，我非常惧怕面对新事物，总是躲起来一言不发。所以，我对他那种类似通过努力培养出来的积极性感到十分意外。在我看来，他是一个坚强的人。

他和我常常进行长时间的通话，但我们并没有让双方的父母发现。

可即便如此，我们仍然意犹未尽。因此，在学校时，我们也渐渐开始形影不离。

这真是一件让我倍感舒心的事情。

我切切实实需要一个理解自己的人。因为有了贵树君的陪伴，我才得以适应新学校。

就我而言，融入新环境后，自己渐渐被旁人接受的事实成了我最珍贵的经历。

我感觉自己仿佛从背负重物的压力感中解脱释放了出来，我应该还是有史以来第一次度过如此安详的日子。

"明里,有件事我一直想对你说。"

某日,贵树君对我说道。

听到这句话的我内心充满了幸福感。

对于小学女生来说,她们都期待着命运的降临。通俗点说,就是期待有根红线能把男女双方牵扯到一起。

迄今为止,对此我一直都没有寄托太多期望。因为我认为没有人会喜欢上我。

这也是我曾经对自己的人生及世界的理解。

贵树君让我第一次感受到了普通人的心情。

换言之,我一直在意的男生竟然也非常在意我——这简直就是奇迹。

我和贵树君独处的地方主要是图书馆。

放学后,我们会一起来到图书馆,两个人并排站在一起望着书架,挑选出各自喜欢的书籍,然后再面对面地坐在大大的书桌前尽情地翻阅图书。有时,我们会对对方的窃笑声做出回应,一边窥视对方的书,一边偷瞄书上的插图。总而言之,图书馆是我们放学后的必去之地。

我在学校图书馆阅读了很多书籍。

而且,我就是在这里读完了《纳尼亚传奇:凯斯宾王子》的续集。

此外,我还邂逅了贵树君推荐给我的《地海传说》。对于此书,贵树君似乎比较喜欢后半部出现的严肃的地海，而我则更倾向于前半部臭不可闻的地海。

还有 Momo 的《小王子》《大魔域》等书籍（这些书非常重，抱回家时累得够呛）。

贵树君喜欢怪盗鲁邦，而我则喜欢福尔摩斯。

朱迪思·沃西的《空中花园》《飞翔的教室》。

寺村辉夫的《我是国王大人》系列。

星新一的儿童作品。

我给贵树君推荐了《你好安妮》，作为交换，我则必须阅读他推荐给我的《怪人二十面相》（真是可怕至极）。

现在回想起来，这些都是心理健康的少男少女精挑细选后的作品。时隔多年，我依旧感觉特别欣慰。

当我阅读贵树君喜欢的书籍，贵树君则阅读我推荐的书籍时，我感觉自己心中的小世界仿佛架起了一座桥梁，通过这座桥我们互相交换彼此的感想及心情。

阅读同一本书时，如果他喜欢我未曾留意的地方，我即可通过这些内容进一步了解他。

13

就这样,我们度过了一年的时光。

那日傍晚,我没有遇到贵树君,于是我一个人踏上了回家之路。毕竟我们也不可能随时随地都形影不离,所以这种情况偶尔也会发生。

我记得这是一件发生在五月中旬的事情,那时我上五年级。

那是一个阳光明媚、温暖和煦的日子。

因为天气甚好,于是我不禁产生了尝试绕道回家的想法。

学校恰巧位于世田谷与涩谷的交界处,回家途中我须经过代代木八幡宫。

神社一带已变成一个小山丘,而山丘上则四处树木繁茂,就像在料理中添加香菜一样,绿意盎然。

换作平日的话,我定然会一边斜视周边风景,一边疾步闪过。然而,今天我却突然想试着爬上眼前这通往神社的漫长石阶,我想看看山丘上到底有什么。

手心滑过钢铁制成的扶手,在一步步往上攀登的同时,我细细感受着脚下坚硬的岩石。

石阶两侧并排生长着许多高大的树木,树枝不断延伸,满眼可谓一番枝繁叶茂的生机景象。两侧的树枝互相偎依缠绕,以至于树下的台阶就像一条隧道般自下而上地延伸着。而且,我发现越往上爬,头顶的树枝就会越发稀疏。

我走过立在石阶上的牌坊。

只见眼前有一条用光滑的鹅卵石铺就的弯弯曲曲的参拜小道，小道两旁悬挂着通红的灯笼。

树木的枝叶宛如屋顶般牢牢地覆盖住了参拜小道，阳光透过绿叶之间的缝隙，斑斑点点地照射在地面。

贵树君就坐在那里。

这完完全全就是一次偶遇。

他呆坐在小道边缘的巨石上，后背稍稍有点弯曲，乍一看简直就像睡着了一般。

我宛如这里的树木及岩石，毫无声息地注视着他。

他的两侧各有一只小猫咪。

其中一只伸直了身子，趴在地上打盹儿。另一只则坐在地上，轻轻地摆动着尾巴。虽然两只小猫咪的头均面向其他方向，但它们身体的一部分都若无其事地贴着他。

他和两只猫咪全面向不同的方位。

但虽然如此，他们却给人一种心灵相通的感觉，似乎正在偷偷地交谈着什么。

他们互相倚靠着，互相交流着。

光线从他们上方的树荫穿射下来。

偶尔，微风拂过，轻抚他们。

我如磐石般一动不动、目不转睛地注视着眼前的这幅光景。

我感觉是上帝在启示我，他正在向我传达非常重要的事实。当下的这幅景象就像世界另一端的一幅画作，很是神秘。

"……听说法国也有揖斐川哦。"

冷不丁蹦出的这句话着实吓我一跳。

不知何时贵树君察觉到了我，但他依旧坐在巨石上，只是目光投向了我这边。

"欸？"

"你不知道揖斐川？"

"嗯……是岐阜县的那条河……？"

我怀有一丝诧异地回复道。说起来，以前贵树君也在中部待过。

"嗯！今天在图书馆发现一本地图册。你不觉得很有趣吗？或许世界的某处还有玉川呢。"

"你是说，这个世界的某处是连在一起的吗？"

虽然我只是随口说说，但贵树君却一脸惊异地注视着我。

"这个我倒是没想过。"

说完，他环视了一下遮盖天空的树叶、混凝土的牌坊及铺就小道的小石子，然后略有领会地嘀咕道：

"一定是这样。"

紧接着，贵树君一脸敬佩地注视着我。此时此刻，贵树君的脑海中正在反复斟酌着我随意说出的这句话。

渐渐地，我有些害羞了。

注视他人是贵树君的嗜好。

其实，我只是自然而然地说出了自己的灵感而已，可他不仅深有所感，还加以思考推敲，反倒弄得我有点不知所措了。

我是一个常常将他人不经意间说出的话往坏处想象的人，因此，像这样的经历还是第一次。

突然，贵树君移开了视线，将手放在了那两只猫咪勉强能够得到的地方。

"白色的猫咪叫咪咪，略带茶色的叫小不点儿哦。"

"它们是兄弟俩吗？"我问道。

"这个就不太清楚了，但它们常常在一起。"

我慢慢靠近它们，稍稍蹲下后，轻轻将手放在了咪咪的脑后。咪咪白色的毛就像棉花一样柔软。

那是一种让人无比陶醉的柔软。

白色的猫咪喜欢亲近人，它的额头不断蹭擦着我的手心。蹭了两三次后，咪咪站了起来，小跑着穿过小道后便再无踪影。小不点儿则很不耐烦地打了个哈欠，慢慢尾随而去。

我带着一丝不可思议的余韵回到家，平躺下后便用被子遮住了脑袋。

紧接着,我开始想象那条流淌在遥远国度的揖斐川。

那到底是条怎样的河川?

也许,是一条不太宽阔的可爱的小河吧。

不过,应该不是那种哗啦啦的小溪。虽然河流比较狭窄,但却有深度。河水不间断地流淌着,是那样地温柔可人。

夏日的阳光铺洒在河面,波光粼粼。

就这样,我入神地想象着那条流淌在未曾去过的国度的未曾谋面的河流。

接着,我爬出被窝,走向书桌,取出了抽屉里的笔记本。这只是一本连题名都没有的校园笔记本。

但是,它却是我的宝贝之一。

我有个非常奇怪的习惯,即阅读后或看完电视,会将一些无关紧要的细碎知识记进笔记本。

笔记本里记满了诸如倘若鼹鼠一天之内吃下与自己同等重量的食物就会无法存活,百年之内世界上约有七千种语言会因为无人继承而逐渐消失,巴黎有座桥虽然名为"新桥"但它却是巴黎现存最古老的桥梁等此类知识。

这样的笔记整整记了三本。

许久之后,我才察觉到自己之所以这样做完全是为了保护自己,因为收集知识能帮助我们接近世界的秘密。

借由这一方式,我感受到了"世界的恩惠"。

在我看来,这就是一种以理解、掌握今后生存之道及世界秘密为目的的面向孩子的仪式。

我在笔记本的空白处写下了"法国与日本都有揖斐川"的字样。

稍稍迟疑了一会儿后,我在字样的后面用较小字号的字体添加上了这样一句话:"如此这般,世界是紧密相连的"。

对了!给贵树君看看这本笔记本吧!

他定然会大吃一惊,并打心眼里佩服我。

我想,贵树君的脑子里也一定装满了这类知识。

更或许,他也跟我一样将这些知识记在了本子上。

虽然我是这样设想的……

但与此同时,一种害羞酥痒的情感正向我袭来。最终,我还是未能把笔记本交到他手上。

12

我想趁此机会记录下发生在五年级时的另外一件事。

我和贵树君的共有时间及空间中不存在任何嘈杂之声,平静安定的日子一如既往地持续着……如真能如此，那我们便是幸福的人。然而，现实却不尽如人意。

我们即将踏入思春期，周围的孩子们也已长大成人，对于爱慕他们也已有意识。

我和贵树君的关系甚好，我们常常形影不离。

可这对小学生而言还真是一件非常刺激的事情。因此，我们想不被其他同学戏弄是绝对不可能的。

我记得那件事发生在午休时分，因为休息的时间较长。男同学们使劲戳了戳我的肩膀，然后开始像往常一样嘲笑我。

他们常常挖苦我，问一些类似于"你们什么时候结婚呀？"的无聊问题，甚至直接戏弄我。

虽然现在想想还觉得他们蛮可爱的，但这些戏弄给当时的我带来了致命的影响。

我想申辩反驳，但话语却一直卡在喉咙处，发出的只是一些听起来奇怪的声音。于是，教室里的同学立马发出了爆笑声。

我感觉自己双手的鸡皮疙瘩全起来了，身体再也动弹不得。

那时，贵树君并不在我身旁。

这种趁贵树君不在恶意戏弄我的做法，着实令我有些恐慌。

一旦贵树君不在，我就会变回曾经那个一事无成的自己。

恶搞的男同学见我无力还击，戏弄我的势头就越发强烈了起来。

他们站在黑板前,一边嬉闹一边用粉笔书写一些恶意中伤讽刺的言语。

这些言语都是针对我和贵树君的。此外,他们甚至用五颜六色的粉笔画了一幅我和贵树君同打一把伞的插图。

男同学们用红色的粉笔画了一个心形符号,而我的名字就紧紧地跟在贵树君名字的后面。

面对他们的种种戏弄,我并未出言阻止。我一动不动地站立着,脑海中回响的只有心脏怦怦怦的跳动声。

脑袋的压力开始升高,我感觉很是冲头。为何此时我的身体会变得完全动弹不了呢?

讽刺的言语及插图完成后,男同学们又喧闹了好一阵,这时我颤抖的双脚总算能够挪动了。我走向黑板,接下来该做的事情就是伸手拿起黑板刷,将黑板上的那些文字及插图擦掉。

虽然我的思路是清晰的,然而,就连这样一件小事我竟然都无法做到。

就在我与黑板只有一步之遥时,那些嘲笑我的行为给我造成了巨大的压力,使得我的身体再次动弹不得。

顿时,我感觉眼前一片漆黑,沉重的恶意就像烟雾般从黑板蔓延,然后渐渐地将我包围,我陷入这样的错觉当中无法自拔。

恶意。

恶意。

就连呼吸都开始变得困难。

无论是男同学们还是他们发出的嘲笑声,都没有登上讲台面对写满讽刺言语的黑板更令我畏惧。

我知道恶魔。

恶魔不仅存在于我阅读的故事当中……我知道这世上也同样存在恶魔。

这就是恶魔。

粉笔画中渗透的是如烟雾般厚重的意识。

这正是我最惧怕的东西。

我的身体仿佛被一根无形的绳线绑住了。

视线中的黑板开始变得模糊。

脸颊火辣辣,双脚却冷冰冰。

紧接着,我的心也渐渐地破碎了,我慢慢地低下了头。

我想,之后的两三秒我就要哭出来了。

此时,将那些紧紧笼罩我的烟雾驱散开的是如同拍打白色塑料地砖般的尖锐的脚步声。

瞬间,周围也响起了各种嘲笑的声音。我慢慢扭动着身躯,面向脚步声传来的方向。视线的正前方正是贵树君,他的表情十分恐怖,他一边用力蹬地一边快速向我走来。

这一刹那,就连贵树君也让我倍感畏惧。

眨眼间他已走到我跟前，我的肩膀不由自主地紧缩了起来。

拿起黑板刷后，他相当用力地擦了两到三次黑板，这种势不可当的气势真是来势汹汹。

从中央向四周斜擦后，插图已完全看不出是什么意思，而我也因此从束缚中得以解脱。当下，我总算可以舒畅地呼吸了。

在接下来的一瞬间，我被另一件事给吓住了。贵树君紧紧地抓起了我的右手。

贵树君在松开我右手的那一瞬，又迅速重新握紧了我的手。随后，我感觉我的手被贵树君牵向了另一个方向。

突然，我的身体变轻了。

贵树君牵紧我的手，将我带到了教室外面。确切地说，应该是我俩手牵手逃离了教室。

那时的感觉应该如何描述呢？是一种轻飘飘的感觉……虽然这种感觉难以言表，但我仿佛已被一阵解放感所包围。

虽然起初我是被贵树君拉着走的，但没过多会儿我的身体便可轻松自如地活动了。

我们就这样手牵手，在学校的走廊里轻快地奔跑。

虽然身后传来阵阵欢呼声及口哨声，但这只是轻轻推动我们前进的一股微风而已。

当时，我感受到的只有解放感和紧握住我右手的贵树君的那份坚强。

我感觉有某种东西从他手心散发出来，渐渐流入了我的身体，让我变得越发轻快。

刺眼的阳光透过窗户照射在午后学校走廊的地板上，因为地板打过蜡，所以光线又从地板向上折射，显得十分耀眼。

我们向阳光普照的操场跑去，宛如要跃入这耀眼的光线般。

就在此时，我清晰地意识到，我喜欢贵树君。

那是第一次跟贵树君牵手，我多么想就这样一直牵着他的手，不再分开。

我们手牵手奔到了位于学校某一角落的仓库后面，那里长满了青草，还有很多可以当作理科教材而被加以利用的大型岩石类标本。

这里是校舍的死角，因此，不仔细找的话是不会被发现的。

我们躺在草地上，翘掉了第五节课。事后问题被严重化，虽然我们都被老师狠狠地训斥了一顿，但我当时心底的那份冷静就连我自己都为之一惊。躺在草地上，我们聊了很多话题。聊完后，我们一起抬眼遥望蓝天，朵朵白云在不经意间缓缓飘动。

此时，我想再一次触摸贵树君的手。

更或许，我是想试着亲吻一下贵树君。而且，这种想法还是第一次浮现。

11

我们迎来了小学六年级的春天。

气温逐渐回升,当大衣该被收进衣橱时,母亲给我买了新的春衣。回家后,母亲感叹道:"东京的孩子果然都很漂亮!"我们已经在东京生活了三年,但母亲却依然说着这样的话。

母亲是个少女情结浓厚的女人,因此,她给我买的衣服都很淑女可爱。有时,我感觉自己的穿着打扮就像洋娃娃一样粉嫩。

面对"盛装打扮"出门上学的自己,我颇有感慨。

如今,我也能抬头挺胸大步向前行走了,我已完全不在意他人的目光。

我不再窥视周围,也能笑口常开了。

并且,我与贵树君在一起的时间也越来越多了。

我常常伴其左右(他也常常在我身旁)。在学校,我们总是寸步不离。午休或放学后,我们会溜进图书馆看书,并就书本内容互相探讨。要是没有聊尽兴,还会背着父母偷偷打电话。我们这种难舍难分的情形,已经到了令周围同学挖苦嘲笑的地步。

偶尔,我会心血来潮地握紧他的手。

而每一次与他接触,我都会有一种喘不上气的温暖感。

曾经，我明明认定自己到死也不会被任何人爱上。可没想到的是，现在我也能拥有贵树君不离不弃的双手。这一切来得如此之快，就连我自己也不敢相信。

他理解我的全部。

他能读懂我所有的言语。

放学后，我们去过很多地方约会。

大约三月二十四日之后的一周，樱花便全部盛开了。

每次经过参宫桥公园，园内粉色樱花的存在感便都会渐渐增强。

季节的变更令我欣喜万分，好几次我都曾按捺不住内心的喜悦之情，不禁抬头欣赏那些樱花树。

樱花还未完全绽放时，微风吹过，看似柔软的花瓣便会随风飞舞飘落。这一光景令我倍感幸福。

参宫桥公园位于住宅区正中央的小山丘上，一株株树木将山丘团团围住。于是，那里便成了孩子们嬉闹玩耍的乐园。公园旁有一条弯曲迂回的细窄坡道，顶多只能容纳小汽车通过。沿着坡道向前走，可以到达小田急车站。

园内的樱花树枝伸出墙外，乍一看，马路的上空布满了繁花。

虽然这条路并非指定的上学路，但我很喜欢在樱花下行走的感觉，因此我常带贵树君走这边。

雨过天晴，云朵之间是碧蓝的晴空，阳光开始慢慢烘干被雨水淋湿的地面。

放学后，我和贵树君并排行走在盛开的樱花树下。

水洼中倒映着樱花树枝，飘落的花瓣停在水面，激起层层涟漪。

也许是因为上午下雨的缘故吧，大量的花瓣就像戏剧里的彩色纸屑般漫天飞舞。

路边耸立的供水塔透过花瓣释放出粉色的光芒。

就连空气中也透着一股粉色的气息。

树枝形成的阴影，将我们行走的道路印染得斑斑驳驳。

"快看！秒速5厘米！"

我突然喊道。

"欸？什么？"

贵树君满脸疑惑，而我却满心酥痒。

"花瓣飘落的速度是秒速5厘米。"

贵树君平淡地回复说：

"明里对这些还真是了如指掌呢。"

难道贵树君不知道吗？感动心灵的自然现象竟然可以用精准的数字来表现，这实在有些不可思议。

因为太过精准，所以总觉得这是命运的回响。

秒速5厘米。

我想，这或许是我无意识间发出的委婉的爱的话语。

换言之，我跟贵树君在一起也是一件非常自然的事情。

我希望我们能够永远像当下这样在一起。

随着时间的累积，我们的羁绊也开始一点点慢慢加深。

就像樱花飘落的速度般，虽然缓慢但从未停止。

我期望能如此这般与你自然而然地结合到一起。

我想，那日的我一定会被世上最美好的事物所包围，幸福地成为集结一切祝福的存在。

当然，年仅十一岁的我只能清晰地意识到这些。对于秒速5厘米，我还无法给出明确的解释。

然而，这一话语却包含了我的愿望与直觉。

但是，贵树君心不在焉的回复令我有些不满。

顺着马路向前行走的同时，那漫天飞舞的花瓣犹如电影镜头般让我兴奋。

我伸直手臂，想要接住飞扬的花瓣。而花瓣像是为了要逃避我的体温般，在我的手心轻轻地跳了一下后便立即飞向别处。

"喂！这是不是很像雪？"

"是吗……"

贵树君常常用这种疑问的口气回答问题。

"当这里的花瓣飞舞之时，世界的另一侧正在下雪哦。"

"与日本相对的是巴西哦。"

他依然没有听懂我的意思。而且，确切说来，与日本相对的应该是阿根廷附近的海域。

"当然，世界是平面的哦。"

说着说着，我突然跑了起来。

我奔跑在宛如樱花隧道的坡道上，树荫和从枝叶空隙中穿透进来的阳光在我眼前不停地交错着。

"喂！等等我！"

我的身后传来了贵树君的声音。通过脚步声，我判定贵树君已经向我追来。可我并未停下脚步，穿过拐角后，我躲在了樱花树林中最后一棵樱花树的阴影处。

虽然我逃离了贵树君，但我的内心却很平静。

因为总会有人追上我。

这是一件多么令人安心且幸福的事情啊！

我跑下坡道，拐了个弯。

那里有个铁路与公路的交叉口。

贯穿整个住宅区的小田急线列车在此通过。

随着一阵当当当的警告声，栅栏开始慢慢降落。赶在栅栏完全降落之前，我穿过了交叉口。

一簇簇樱花显得分外漂亮，被风吹起的花瓣也随风飘舞到了交叉口。

就在我到达交叉口对面的同时,栅栏正好完全降落。转身回头,映入眼帘的是刚刚跑到交叉口的贵树君和涂满黄色及黑色涂料的栅栏。

"明里!"

贵树君满脸的不安出乎我的意料,着实令我大吃一惊。而就在此时,我打开了手中的雨伞。他怎么了?我们只是被栅栏隔开了而已。

"贵树君!"

我转了个圈,用伞挡住了飘落的樱花。

你看,很像雪吧?

"要是明年我们还能一起赏樱花的话,那该多好啊!"

不只是明年,还有后年,大后年,直到永远。

正当我打算喊出口时,从左到右,与轰鸣声一同驶来的电车挡在了我们中间。

瞬间,面对急速行驶的电车和其发出的轰鸣声,我开始有些不安。贵树君明明就在对面,可我却看不见他的身影,更听不到他的声音。

即便仅仅如此,我的思绪也已经变得非常消极。

倘若贵树君不在了,那我该怎么办?

不过不用担心,当电车全部通过,刺耳的轰鸣声也一同消失时,贵树君依然站在交叉口的对面。春意盎然的空气,午后明媚的阳光,像雪花般飞舞的花瓣全都落在了他的身旁。

栅栏开始慢慢向上升起,贵树君迫不及待地迈开了脚步。

他小跑着向我奔来,就像为了迎接他一样,我也朝交叉口走去。

我一边将伞收起,抖掉伞上的花瓣,一边开心地期待着我们之间的距离可以渐渐缩近缩小。

虽然还没靠在他的身旁,但我的心底却已然犹如春日般温暖。

我准备传达给他的心情,他会做出回应吗?穿过交叉口后,我们一同踏上了回家的路。路上,贵树君突然问道:

"明里,你会去哪所中学?"

"中学?"

"嗯!中学。"

我的心中开始有些疑虑,因为我还没怎么特别仔细地考虑过中学的事。

即便平常有想过,被考虑的对象也是地方公立中学。

"私立中学之类的话题,你没听家里说过吗?"

贵树君继续问道。

"关于中学家里还没怎么讨论过……"

贵树君轻轻地哼了一声,然后就像什么都没发生一样,用平日里嘶哑的声音说道:

"离这里不远的地方有一所初高中连读的私立学校,父母希望我能去那边上学。"

说完，他立即向我追问：

"明里也去那边好吗？"

"欸？"

"我希望明里也能跟我一起去那所学校。"

这个突如其来的话题令我有些不知所措。

"我……我得问问妈妈的意见才能决定……"

我试着考虑了一下这件事。

特地去私立中学上学的孩子应该不太多，从小学开始一起上学，并一起进入同一所私立中学的孩子就更是罕见了。

而贵树君却要我跟他一同前往那里。换言之，我和贵树君两个人要一起去一个新地方。

倘若去公立中学的话，现在的小学同学想必大部分也会选择公立中学，那到时候岂不是还要继续被嘲笑戏弄。虽然我已不太在意这些，但贵树君和我被其他同学冷眼讽刺的场面依然让我感觉刺耳。

如果，我们一起去别的中学。

一个谁都不认识的学校，一个只有我和贵树君相互熟知的地方。在那里，我们将携手创造一处崭新的栖身之地……

我认为这是一件极具魅力的事情。

在畅想的同时，突然，我注意到另一件事。

这与转校不是一回事吗？我竟然发自内心地期盼自己能够转校！

而且，我不再惧怕转校。

这些都多亏了身旁感受到的温暖。

我答道：

"我觉得那真是太棒了！"

我试着再向他靠近了3厘米。

我以为这份温暖会一直陪伴我，并为此深信不疑。

虽然我认为自己的身心比实际年龄要成熟，但其实我完全还是个孩子。

我坚信我们可以升入同一所中学，而且今后也将一直在一起。

然而，一年后，我才深刻清醒地意识到这只是自己一厢情愿的猜测罢了。

包围我的世界绝不可能会善待于我，这一点我分明是非常清楚的。

10

挂在墙上的水手服让我心情沮丧。新制服的质地很硬，看上去很沉重、拘束。

就像接受惩罚般，我穿着新制服站在堆满行李纸箱的新房间内。

我不想穿鞋，更不想出门。

一到学校就要参加入学仪式，而我也将自此被束缚住。

只要站在这里一动不动就会出现奇迹，柳暗花明又一村，我很想紧紧抓住这个虚无缥缈的梦想。

然而，在强而有力的现实面前，我没有任何反抗的力量，我只能一点一点地随波逐流。

制服的违和感将我的身体严严实实地包住，穿上沉重的鞋子后，我向新中学出发了。

送我出门时，我感觉就连母亲的话语也是那么虚假。

我有气无力地迈出了家门，随着步子的前行，住宅不一会儿便消失了踪影，道路两旁是还没灌溉的宽阔水田。抬头眺望，田园一直延伸到了很远很远的边界。

在更远的对面有一片黑漆漆的杂木林。

这到底是哪儿？这一疑问至今仍然充斥着我的大脑。

当然，如果有人问我地名，我还是能够完整地说出来的。

只不过，对于此时此刻出现在这里的我有种无法认同的实感。

我迈着小小的步伐，行走在田园小道上。

越往前走，我感觉自己就越接近现实。

田园旁架设的两毛线清晰可见，岩舟站的站台已跃入眼帘。

站台背后耸立着红色纹样的巨大岩山。

如从标高来说，这并不是一座高山。但突然有座陡峭的岩山出现在地平线上的话，还是会给人一种非常巨大的感觉。

因为岩石的形状很像一艘船，所以才被称为岩舟山，而岩舟山山脚下的车站则被取名为岩舟车站，岩舟车站附近区域就是岩舟镇。

岩舟山的纹样十分单一，没有任何斜纹，因此看上去极不自然。

用月票通过刚竣工不久的检票处后，我走向了站台。

这种一点都不习惯的行为让我无法冷静，心里更是忐忑不安。

月票夹不平整的触感加剧了我的紧张感。

站在站台上，刚才路过的田园风景尽收眼底。

由于附近没有建筑物，所以天空也很宽广。

橙绿色的旧电车从我的右侧驶来，两毛线是贯穿枥木县与群马县的小型铁道路线。

从现在开始，我就要乘坐这趟电车前往位于枥木县小山市的公立中学上学。

电车的自动门缓缓打开，当我进入车厢时，发现上班时间的乘客竟然少之又少，为此我着实有些吃惊。而且，车厢内悬挂的广告牌也是少得可怜。

我独自一人坐在空荡荡的车厢内。

一股强烈的不协调感……

电车的车轮有节奏地向前行驶着。

为何我会？

为何我会？

这一问题不停地在我脑海中盘旋。

但就在这时，这一疑问不知为何被中断了。

学校正门前立着一块入学仪式看板，看板上用纸质的假花加以装饰了一下。

我穿过正门。

入学仪式开始了，而我却一直闭目端坐。

仪式结束后，我走向被分配好的教室，坐在了被分配好的座位上。

周围男女同学的喧闹声很是刺耳。

不知为何，陌生同学这种情绪胡乱高涨的行为让我的内心有些隐隐作痛。

对我而言，周边发生的一切事情就像毫无现实感的幻影……

班主任老师推门走进了教室。然而，我连班主任老师的轮廓都无法看清。

老师分明在讲着什么，可我的意识却无法理解。

老师让我们依次做自我介绍。

顿时，一股压迫感向我袭来，我立马感觉心神不宁。

带着这股不明缘由的紧张感，我慌忙站了起来。

可是，我是到站起来之后才注意到原来轮到自己做自我介绍了。

周围传来的偷笑声让我无地自容。

那时,我才开始第一次抬眼望了望四周。

班上其他同学都坐在自己的座位上,此时唯独我一个人站立着。

这种端坐与站立的高低差让我感到眼前一阵晕眩。

就像要从高处坠落般。

大家都转身回头看着我。

如此集中的视线宛如一根银针。

我停止呼吸。

心脏也跟着紧缩。

一股强烈的畏惧感充斥在我体内。

但并非害怕。

这种感觉就像一道扑面而来的重力,将我体内的水分紧紧拧干。

这种感觉很痛苦,身体更是无法动弹。

视野开始旋转。

我无意识地期待着此时会有人对我说些什么。

有人说了些什么,但那是令人厌恶的嘲讽。

全班同学开始哄堂大笑起来。

啊!对了!我想起来了!

这就是我。

这就是独自一人的我。

樱花是否仍在盛开,我全然不知。

9

小学六年级二月中旬过后我才知道中学考试合格通知其实没有任何意义。

我和贵树君都顺利地通过了考试。

我们并非考试失败者。

我俩紧紧地攥住合格通知书,然后像男生一样兴奋地击掌。

这还是我们初次"两个人"一起前往陌生的地方。

预感这将成为我人生中激动难忘之体验,我自己感觉也很新鲜。

与手牵手的伴侣一同前往新地方是件令人神清气爽的事情。

每个渺小的新事物——例如第一次穿制服、还不熟悉的上学路、令人不安的陌生校门等,都会让我不禁揣测他会作何感想,并慢慢加以体味。

也许,我们会通过面对面相互对视的方式来确定吧?

像这样想象未来的感触,着实很开心。

"父亲要调到枥木任职了哦。"

从学校归来放下书包的我正好从正在做家务的母亲身旁走过,她用聊天的语气向我说道。

"欸……"

起初我还不明白母亲的意思，我用心不在焉的眼神追赶着脚穿拖鞋啪嗒啪嗒起身走开的母亲的背影。我的体内充满了厌恶的预感，于是，我追上了母亲。

"又要调职吗……"

"这是最后一次哦。你父亲一直都想调回枥木的总公司，他打电话告诉我今天终于定下来了，听得出来他很兴奋，虽然东京分公司这边的发展机遇或许更多些。"

"嗯，那……"

"真想快点安定下来，你看，你父亲老家出租的房子现在不是正好空着吗？对了！搬家前要通知房屋清洁公司清扫一下！"

"那……"

这到底是怎么一回事？

"我……我明明通过了考试。私立的……"

"是啊。"

母亲停下了脚步，然后将手贴在了自己的脸颊上，面带困扰地望着我。

"该如何是好呢？"

那是一副假装想要听取我的意见，一边磨蹭时间一边慢慢让事情朝她的预想发展的表情。

虽然一家人讨论了很多回，但父母的结论已然相当明确。

也就是说，就当我从未参加过私立中学的考试，让我报名去栃木县内的公立中学上学。

可作为小学生的我，还不具备让他们认清自己蛮横无理的力量。

我试了很多说法。

可对于起初就下定决心，且不打算轻易变更的人来说，无论怎样的说法都毫不奏效。

相反，当被他们问起为何一定要到这边的学校上学时，我竟无言以对。

我从未向父母说明我与贵树君之间的羁绊之情。

因为我将这份羁绊视如珍宝，所以我不希望父母干涉。

即便是一点点的质疑我也不想听到。

倘若起初我就向父母说明缘由，形势会因此而改变吗？

可我并不看好，结果定然不会有所改变吧？因为初高中六年，没有父母会放任自己的孩子不闻不问。

我脑内有股热流般的高压正在逐步升温，以至于有种脑袋快要裂开的感觉。

这种事真的会发生吗？

然而，它现实地存在着。

就在我的眼前。

我的视线无法集中,母亲的脸庞时近时远。

阻挡我前行的铁壁带给我巨大的压迫感。

缓缓降落的栅栏的景象。

如同墙壁般左右飞速行驶的电车的侧面。

正在浮现。

我感到身体不适,于是向学校请了假。脑内备受压力的折磨,我想就这样渐渐衰弱,一动不动。

视线开始模糊,肌肤的感觉也变得有些迟钝。我多么希望自己能够就这样什么也不用思考,什么也不用感受。

我不想面对任何事情。

就这样平躺着,闭目屏蔽一切信息。

一直如此下去……

没过多久,我渐渐放弃了。

这种想法不知从何处何时悄悄地潜入了我的体内,渗透到了我内心的末端。它让我浑身无力,最后支配了我整个身体。

或许……

无论我怎样努力,结果是绝对不会改变的吧?

不管我作何感想,最终我还是会被强行带走吧?

我终于"意识"到了这一点。

而这一意识让我想起了被判有罪锒铛入狱的场景。

接受现实的瞬间,一股浓厚强烈的焦躁感向我袭来。

贵树君……

我该如何面对贵树君?

那时,我就像受到启示般自觉地意识到自己不可能假装什么都不知道地面对贵树君。

无论如何努力,我都无法对他隐瞒。要是欺瞒他的话,我的体内会很不舒服。

我又想到了其他一些事。

倘若一直这样请假不去学校的话,贵树君应该会给我打电话吧?……

这件事令我心生恐惧。

随着时间的流逝,接受惩罚的感觉越发强烈起来。

不允许留在这里的情境与接受惩罚被送去监狱的场景非常相似。

这一场面没有止境地在我内心膨胀。

因为我有罪,所以我要接受惩罚。

我是个坏人,我犯了大错,所以要接受这样的惩罚。

我不是好人。

我开始这样理解。

因为——不管何时,周围的人不都是这样看待我的吗?

对了！我是一个性格扭曲、不断犯错、常常被人嘲笑的人。我只是暂时遗忘了这件事而已。

我必须将这件事告诉贵树君。

不能让贵树君察觉到这个"异常"的我。

因为要是被他知道我在故意隐瞒的话，他一定会蔑视我的。

因此，我要向贵树君坦白我犯下的罪孽。

我轻轻下床，为了不发出声响，我十分小心地换上了外套，穿上带有毛领的大衣后我将手放在额头上摸了摸，发现自己正在发着高烧。

当下已临近午夜时分。

为了不让父母察觉，我轻手轻脚地穿过玄关奔到了外面。

外面非常冷，我感觉到自己的脚尖开始渐渐变僵，我摇摇晃晃地跑到了大马路上。

我不断搜索着公用电话亭，因为我不能半夜在家打电话——虽然这是理由之一，但我主要还是不想让父母察觉我跟贵树君的对话。

我几乎不太使用公用电话，所以并不清楚它的具体位置。

我只能凭借模糊的记忆四处搜寻，当我走到国道旁的公交站时才终于找到了电话亭。

此时，人行道上没有人，汽车在干线道路上匆匆行驶。而我的头顶仿佛被高速公路覆盖了一般，有种快要被压破的感觉。我走进电话亭，插入电话卡，一个数字一个数字地开始拨号。

虽然只是用手拨号,但我却一直在给自己鼓足勇气。

虽然玻璃制的电话亭为我挡住了寒风,但我却并没感到丝毫温暖,嘴里呼出的白气混入空气,立即消失得无影无踪。

耳边传来嘟嘟嘟的电话等待音,奔驰在马路上的汽车偶尔会将这个声音完全掩盖住。

就在这时,电话接通了。

"您好!我叫筱原,请问贵树君在吗?"

我记得当时我在跟接电话的贵树君的母亲说话时语速非常快。而且,说话的同时,我像平常一样习惯性地摆弄着话筒线。

电话转接中的音乐让我毫无来由地焦躁起来。

"……转学?"

电话那端贵树君的语气像往常一样平静,但今天却令我惴惴不安。

"那西中怎么办?我们好不容易才考上的。"

我感觉贵树君边说边坐了起来。

我明白,他有种不祥的预兆。

我就像抱紧自己一样,紧紧地抓住了话筒。

"父母说要办转学手续到枥木的公立中学去……抱歉……"

"不,明里你不用道歉。"

他渐渐严肃的声音令我很是无地自容。

"他们说想让我去葛饰的叔母那边上学。"

我的声音有些哽咽,喉咙被堵的感觉令我作呕。

但我却无法阻止。

贵树君!

贵树君……

他的名字在我心中不停响彻——

"父母说要等我再长大些才能独自生活……"

这句话的余音深深地震动着我的胸口,我开始抽泣。

紧接着,泪水夺眶而出。

眼泪一滴滴滴落在鞋子上,我的双脚能感觉到。

我在哭泣。

我并没预想自己或许会哭。

为何身体总在意识之前做出反应呢?

我的胸口就像痉挛发作般,呼吸显得相当急促。

明明很想止住泪水。

可怎么也止不住。

"我知道了。"

话筒里传来贵树君尖锐的声音。

"别说了。"

他冰冷的声音出乎我的意料,令我瞬间停止了呼吸。

不管何时,我的身体总能最先做出反应。

接着隔了片刻……倘若我的心有形状的话,我觉得自己一定可以听到它发出的可怕的破碎之声。

"别说了……"

话筒中传来贵树君勉强发出的声音。显然,他正在强忍着自己的情绪。

我的脑中响起了破裂的钟声,耳膜被震得快要破裂了。

我低下了头。

渐渐地,我变得有些七零八落。

正在思考的自己、正在感受的自己、身体毫无防备做出反应的自己,以及被称为人类的自己正在四分五裂。

各种自己均在擅自做出反应。

焦虑的声音。

充满怒气的声音。

贵树君那尖锐的声音。

——好可怕。

这些情感开始慢慢地统合到每一个自己的心里。

我能感受到自己畏惧贵树君的那份心情。

我从未听过贵树君的这种语气。

然而,如今他将这一语气投向了我。

我感觉体内的血液正在翻腾。

这时，一辆卡车从我的右边驶过，风压叩打着电话亭的玻璃。

每当车辆驶过，就会有某种东西向我逼来，我快要倒下了。

"抱歉……"

正准备道歉，可这句话却卡在了喉咙里，无法清晰地说出来。

通过紧贴在耳边的话筒，我可以听到贵树君的呼吸声，但汽车的声音却将其掩盖了。

放下话筒的金属碰撞声令我的喉咙痛到了深处。

我握住自己的手，但它却在不停地颤抖。

恐惧。

恐惧。

恐惧……

此时，我在对谁诉说着恐惧呢？

我该将这份心情搁置何处？

我该向谁诉说内心的恐惧？

深夜，我独自一人站在电话亭中。

那日之后的一个月，我们度过了每当见面就很尴尬的日子，一直到毕业典礼。

典礼及班会顺利结束后，我跟贵树君说了几句话。我和他站在走廊下，午后的阳光照射在打了蜡的地板上，显得格外耀眼。

虽然贵树君很少穿西装夹克，但我却并没有跟他讨论这个话题。

我沉默了一小会儿后,脚尖开始无意义地行动起来。

"那,再见……"

我强颜欢笑地挤出了这句话,而当时丸子头带给我的沉重之感却记忆犹新。

"……再见了。"

望着贵树君避开我视线的侧脸——我想,他还没有原谅我。

教室里传来将毕业证书卷成圆筒互相打斗的男同学的喧闹声,让人感觉很讨厌。

我不知道樱花是否仍在绽放。

我就像不想面对任何事物般,低头行走在回家的途中。

我迈着细碎无助的步伐。当周边空无一人时,我抬起双手,将脸埋进了手心。

我又回到一个人了。

我身旁已再无他人。

我分明有想去的地方。

可为何去不了呢?

我总是被强迫地带到其他地方。

我想,如果时间可以冻结就好了。

我不想看见樱花盛开的样子。

8

我关掉思维,宛如一台机器般被抬走了。

当搬家公司搬完行李家当开走卡车后,我们一家人坐上了从新宿出发的电车。

搭乘埼京线,在大宫下车。换乘宇都宫线后,在小山乘坐两毛线。

因为停车站点太多,以及搭乘时间格外漫长的关系,各种不情愿的情绪让我突然意识到了路途的"遥远"。

透过车窗,遥望远方,都市风景在一分一秒地流逝着,迎面扑来的是成群的民宅。

田野穿插于民宅之间,没过多会儿,房屋便消失得无影无踪,电车进入了农业地带。

电车急速驶向山脉,虽然隔着车窗但山上岩石的纹样及山脉的棱角依然看得一清二楚。

景色开始渐渐发生变化。每当此时,我心中的瘙痒感就会变得越发浓烈起来。因为震动的缘故,一阵阵痛楚从体内溢出。

刚来东京时那充满不协调感的街道,以及从世田谷到代代木的可爱住宅街,这些景物不知从何时开始让我倍感安心。

我的呼吸又开始变得微弱了。

我低下头。

我知道哭出来会稍微舒服些，我也很想这么做。

然而，不知为何我当下却怎么也哭不出来，泪水似乎也已干涸。

但是，呕吐感及手臂的颤抖仍在持续。

在只有站台的枥木县岩舟车站下车后，凉飕飕的风扫过我的肌肤，带给我莫名的紧张感。

由于数日前下了一场不合时节的雪，因此站台的背阴处仍然堆积着冻结的半透明的雪渣。

这里是世界的背面，我来到了一个没有贵树君的世界。

我不想提中学的那段时光。

因为想躲避一切事物，我开始格外小心，屏住呼吸，只为等待时间的流逝。

我在自己的周围建起了一面隐形的墙壁，目的就是尽量不受外界的影响。

从表面上看，我只是安静自然地度过每一天。在怎么做才能不让大家察觉到自己的表情及其重要性方面，我也稍稍有了些许领悟。

不过对于这样的我来说，心中总像有种异物在舞动。这个异物长有细长的毛发，它不分昼夜地刺激着我的肺部，偶尔发作的感觉让我生不如死。

我时常保持警戒，并密切关注着周围的声音。

我对笑声开始有些敏感。

我就这样一直无所事事地等待着时间的流逝。

中学男生看我的眼神与小学男生截然不同,这也让我很忧郁。

母亲强迫我加入需要团队合作的运动部,于是,我在不得已的情况下加入了篮球部。

然而,我并不喜欢社团里那种类似于强制力的东西。

例如那些不知何时制定出的无言的规则。

可即便如此,我却没能拥有抵抗的力量,我一直忍耐着。

我想,或许正是因为这样的心理障碍,才致使自己渐渐被孤立吧。

我已经非常努力地让自己不去在意,可是……某种刻骨铭心的东西却不由得让我无法释怀。

用哨子叫人原本是一件不太礼貌的事情,可为何学校里就没有人意识到这一点呢?

为何在其他地方做定然会被斥责的事情,在这里竟能行得通呢?

殴打他人是一种犯罪行为,即便被警察抓走也不足为奇,可为何这里可以对其视而不见呢?

这里为什么可以如此卑鄙险恶?

而且,为什么将这些行径视为不当行为的我不能顺利地表达自己的见解呢?

内心的呐喊无法汇聚成言语。

倘若可以的话,我希望这些见解可以以犀利的言语的形式像锋利的弓箭一样射出。

不,即便不用语言也无妨。

只要传达到了即可。

我为什么无法将他人毫不置疑可在我看来却是非常奇怪的事情大声说出来呢?

过去,我分明也曾有借助一声叹息或一个眼神阐述自我看法的经历呀!

……或许,仅凭我一人之力无法达成吧。

要拒绝空气就得首先拥有空气。

要拒绝世界就得首先拥有世界。

但这是一项一个人无法独自完成的工作。

啊……

可憎的事物实在是太多了。

我想要美好的事物。

我想抚摩美好的心灵。

这种幼稚、孩子气的愿望曾一直深切地铭刻于我心中。

在度过这种日子的时候,我养成了在心中和贵树君对话的习惯。

我会将那些对外无法言表的心情坦率地告诉我幻想出来的贵树君,我会告诉他发生了这样的事、那样的事,我是这样想的、那样想的。

总而言之，我会像上面那样用十分朴素直率的形式告诉他。

我心中的贵树君常常会给予我肯定。

"我也是这么想的哦！"

虽然幻想的贵树君并未给出任何具体的建议，但我能感受到他与我一致的想法。当下，只是这么想一想我就已经很满足了。

当然，痛苦也因此退减不少。

7

中学一年级的第二个学期，我开始将给贵树君写信的想法付诸行动。

但不知为何跟他联系的想法却迟迟未出现。

毕业典礼时，我对他说了句："我们就此永别吧！"

那时的永别其实并不是我的肺腑之言。

所谓的转校，从本质上来说就是这个意思。

我有过多次这样的经历，也曾被这样的认识支配了很久。

但理由并不仅仅如此，最根本的原因还在于我不敢联系贵树君。

我想，贵树君应该还在生我的气吧……

而我又正好不想面对这个事实。

因此，我几乎不太可能会做出给他打电话之类的事情。

我害怕打电话，害怕与看不见其表情的贵树君交谈。

那个冬天的夜晚，贵树君拒绝我的声音仍然停留在我内心的某个角落。

九月后，又陆陆续续地发生了很多令我忧伤的事情。不过，我不打算将这些事情详细地记录下来。

我关闭自己所有的感官，强忍住痛苦继续上学，什么也不感受是有效面对现实的最佳手段。

那时的我甚至会走错每天走过的道路，并常常无意识地倾斜着身体，倚靠在奇怪的地方。

坐电车上学时，我也曾在不知不觉中坐过站，然后被带到一个很远很远的地方。

之所以使用"貌似""好像"这样的说辞，完全是因为我没太意识到。

某天清晨，当我准备出门上学时，我突然呕吐了。通过这次经历，我终于体会到自己有多不想上学。

每当身体自然呕吐，我就会向学校请假。

虽说可以休息，但实际上并不轻松。我知道，这只是自己暂时逃避的表现。

即便今日我的这一想法也依然未变,要是能完完全全逃避掉的话，那该多好啊！可现实是，我不可能一直请假不上学。首先，我的父母不是那种善解人意的人。其次，学校也不可能允许我常年请病假。

倘若只从讨厌的事物中逃避一两天的话，反倒会给自己增添不少压力。

"关闭感官"这件事变得越发困难起来。

当我勉强自己坐上开往学校的电车时，那种渐渐接近学校的感觉令我厌恶至极。为了转换心情，我尽量逼迫自己回想一些开心的事情。

那便是贵树君的事情。

清晨早起，坐在除我之外只有一两位乘客的乡间电车中，无尽温柔的畅想既让我心旷神怡，又可抚慰治愈我那满是沧桑的心灵。

车厢内充满了贵树君的气息，我可以感受得到。

我向贵树君倾诉着许多无法言表的话语。就在这样持续幻想的某一天。

我从书包中取出便笺纸，在空无一人的车厢中用它代替日记本给他写信。刺眼的阳光从车窗外倾洒进来，我对这样的自己深表惊异。

"远野贵树收。好久不见。"

圆珠笔在便笺纸上毫无抵抗地滑动着。而对心中另外一个自己深表惊讶的我，也毫无抵抗地接受了正在写信的我，并与其合二为一。

或许，无意识中的我一直都有这样的预感吧！

"这边的夏天也很炎热，但与东京相比还是比较舒服的。不过，现下回想起来，我还是喜欢东京那种闷热的夏季，还有那被烈日晒得快要融化的沥青路。我喜欢因炎热而看似摇晃的高楼大厦,我喜欢商场及地铁里那寒爽的冷气。"

我一边望着自己即将换行的右手,一边从脑中提取出在东京中心那看似摇晃的高楼上看到的淡蓝色天空的回忆。

"我们在小学的毕业典礼上见到了最后一面,时至今日已是半年有余。"

掐指一数,也才半年而已。可我总感觉有数年之久,为此胸口有种紧绷的绞痛感。

"喂!贵树君,你还记得我吗?"

贵树君还记得我吗?或许早已忘却了吧?因为我们都是转校生,因为我们都是通过遗忘从前而适应现在的人。

我怀着忐忑恐惧的心情,决定将信投进邮筒。

可一想到一旦投进去就无法回头、无法重新修改时,我突然倍感紧张。

我将信件插进邮筒,可我犹豫了许久才松手。

当信件从指尖滑落时,我闭上了双眼。

四日后,我收到了回信。

在家里的邮箱中发现有寄给自己的信件时,我的心脏仿佛停止了跳动。

真快!

我打心眼里为贵树君回信的速度而欢呼,仅仅这一点就已经让我心满意足。

放学回家后,虽然我打开了自家的邮箱,但我并没有径直回家,而是向右转离开了村子,然后向田园地带奔去。

我一边将信封抱在胸前,一边慢跑在田间的小道上。

虽然不知道这是谁家的田地,但这里只是一片为了自我补给而松散耕作的田地。另外,田地中央部位稍稍有些凸起。

茁壮成长的樱花树生机勃勃地挺立在田间。

不过此时樱花并没有盛开。

倘若换作公共场合的话,眼前的这幅光景一定可以成为一道亮丽的风景线。粗壮的树枝弯弯曲曲地伸向天空,树根则扎扎实实地固定在宽阔的地面。樱花树的枝和根似乎连接着某个遥远的世界,我很喜欢那棵树。

我靠着树干,席地而坐。打开信封后,反复地阅读着贵树君写给我的回信。

信中文字笔锋的强度令我很是吃惊,贵树君的字迹阳刚苍劲,但也有些神经质。

之前我常常翻阅他的笔记,所以我知道他是一个写字认真的人。

是因为半年没有见面的缘故吗?我感觉中学后他的笔迹似乎有些变化。

他在信中的语气非常客气，看得我心里直痒痒。

我想他在写信的同时也一定感觉很痒痒吧。

我可以想象他痒痒的样子。

这是一封奇怪的信。

虽然信件的内容与平时的聊天几近相同，但我总觉得有些不对劲。这封信带给我的是装模作样、郑重其事的感觉。

我在寄给他的信中只说了些自己的近况，因此，他也在回信中介绍了自己的近况。

这种感觉就像我悄悄地对他诉说后，他也悄悄地给予我回复。

这对于我来说非常重要。

重点在于避开那些强硬的词语。

我已经不想再去接触那些强硬的词语。

不知为何，贵树君寄给我的信件全都不见了，所以此时此刻，我无法将信中的内容详细地复制下来。

然而，那时读信的印象依然挥之不去。

我想，从半年前开始一切就未曾改变过。

实际上，我曾多次反复地阅读那封回信。虽然信中并无特别记事，但我却反复地阅读着写有他近况的书信。

我幻想自己能就这样用指尖点字，描绘出他内心的痕迹。

从那时起，贵树君也一定想与我交谈了吧……

对我来说，这是一件多么令人振奋的事情啊！

在以前看过的国外的电视剧中，也有当女生收到信后一边将信封紧紧地贴在胸前，一边感动得泪流满面的场景。

那并不是夸张的表现，而是真实的缩写。

当这一切发生在自己身上时，我才清醒地意识到这是一个非常真实的举动。倘若信件可以穿过身体、融入内心深处的话，那将多么美好啊！

以此为契机，我与贵树君之间开始了零星的通信。

之所以是零星通信，那是因为我不希望与贵树君之间的通信像与女生一样频繁。

我们交流近况的频率大约是每月一次，每次当我感受到他的关怀时，我都会感到十分满足。

每每读信，我都会因为我们彼此之间的心灵相通及深有同感而感动。

我知道，他跟我一样，虽然内心很是困苦，但却在当下所在的地方拼命努力着。

在给我回信时，他绝不会借助诸如"知道了"这种简单的字眼来表露我们之间的共鸣，他只是不形于色地将自己周边发生的事情写下来而已。

但他的字里行间透露着与我类似的感受，这就是贵树君的写信方式。

这是迄今为止不为我知的贵树君的魅力,他运用自如地将这一方式引入了给我的回信中。

在电子邮件普及的现代,虽然手写信已经成为正在逐渐消失的文化,但手写信中的潇洒字迹却当真能够打动人心。

这些字迹令我心跳加速,我的喉咙仿佛被从胸口蹦上来的心脏堵住了一般。

我的内心被这些优美温柔的信件给深深地触动了。

每次在收到贵树君回信,并给他回信时,我都会写上这样一句话:

"多谢你的回信!我很开心。"

然而,"开心"这样的表达并不能充分体现我内心深处的情感。

可要将情感以文字的形式书写出来时,我却再也想不出更恰当的词语,因此,这让我有些烦躁。

此时此刻,贵树君应该也在东京的某个角落一边生活一边感受着些什么吧!

我唯独可以确定的就是这点。

可令我非常吃惊的是,仅凭这点我的生活便可轻松许多。

这是为什么呢?

为何只是被理解这点就能让我产生这样的心情呢?

"前略,贵树君收。"

清晨，我常常在空无一人的电车车厢内写信。

"已经入秋了哦！我这边的红叶长得很是美丽，前天是我今年第一次穿毛衣出门的日子。套在水手服上的奶黄色毛衣既可爱又温暖，我很喜欢这件衣服。贵树君身穿校服的样子又是怎样的呢？看上去一定很成熟吧……

"最近因为有社团活动，所以我总是很早出门，现在我正在电车内给你写信。

"此前，我剪了头发。

"剪了一个露出耳朵的短发，所以见面的话，你或许会认不出我哦。"

我试着重读了一遍自己写好的信件，在察觉到"很想见面"这一信号在无意识的状态下有所流露时，我顿时对怀有这种心情的自己倍感惊讶，然而……

"贵树君定然也会一点点改变吧？"

我有点害怕见到已是中学生的贵树君。

收到来信后，我给予了回复。

我记得当时信件的内容是这样的：

"敬启　近日严寒持续，你还好吗？我这边已经下了好几场雪，每当下雪，我都会裹得严严实实。

"东京还没下雪吧？虽然现已搬离，但我仍在继续关注东京的天气预报。"

在不久的将来,我们或许会重逢。

虽然有点忐忑,但应该还是会重逢吧?

那时,我会露出怎样的表情?而他又会如何面对我?

毕业典礼那天,他那严肃的表情以及自己脸颊颤抖的感觉至今仍然记忆犹新。

在这一感觉溶解消失之前,我还需要些许时间。

我是这么考虑的。

虽然我想见他,但我需要一点点恢复的时间。

直到我们见面的那一天前,我会以书信的形式与贵树君进行交流……只要有这一联系,我感觉自己就会活得更轻松。

冬天来了,我知道贵树君在冬至时要搬去种子岛。

6

"听到贵树君要转校的消息,我着实吃了一惊。"

虽然我是这样写的,但我的心情并不像文字般平静。

因为我就是这样一个人。

"因为父亲的工作地点有所变动,所以我要搬家了,搬去鹿儿岛县的种子岛。"

我想,贵树君的心情定然也不像他写下的文字般平静。

种子岛……

当然,我知道那是日本首次引进铁炮的地方。但是,那里到底是个怎样的地方,我无法想象。

而且,我也是第一次知道种子岛位于鹿儿岛县。鹿儿岛县……那是哪儿?

九州的最南端。

那不是日本的边缘吗?想到这里,我才深切地感受到了那个地方的遥远。

"虽然从很早开始大家就已习惯转校,但这次竟然要转到鹿儿岛,真是太遥远了!

"这已经不再是坐电车就可随意见面的距离了,我果然稍稍感到了些许寂寞。

"请贵树君务必、务必保重!"

虽然我写下了这样的字迹,但这并不是我真正想说的话。

我的内心开始有些焦躁。

在回信的同时,我感觉有阵如同电视机杂音的噪声正从体内传出。

偶尔,我的眼睛会失焦,注视信纸的视线会变得飘忽不定。

贵树君要去鹿儿岛啊!嗯!

哼嗯……

我的大脑开始模糊了。虽然贵树君要去鹿儿岛的这行文字正在我的脑中闪烁，但我却无法集中精力理解其意。

"为什么贵树君要去那种地方呢？"的疑问一直在我脑海中回响。

为什么……

为什么我们之间要被坐飞机才能抵达的遥远距离给阻挡呢？

我……

从今往后，我要一直与贵树君保持这样的距离了。

这是为什么？我毫无根据地自问着。

而事实并非如此，就拿我们当下所处的地方来说便可立即明白。

我现在在枥木，他现在在东京。

我们相隔如此之近！

可为何在这样近距离的情况下，我却没有想过多见几次贵树君呢？

就连成为中学生后的贵树君的面容我都没有见过。

为什么我会被如此无聊的恐惧感所摆布，以至于错过了与他见面这等重要的事情呢？

除此之外，还有很多事情我都在不经意间与之失之交臂。

然而，用麻痹的大脑及毫无实感的手指书写出来的文字却是异样的冷静淡然。就连我自己也不知道为何会这样。

我真的不知道。

之后的几个星期,我过得很是模糊。

那年的寒流非常严峻,即便已是二月下旬,栃木仍在飘飞鹅毛大雪。清晨打开大门,脚边还有积雪。

我抹掉邮箱上的积雪,向车站走去,通过检票口后坐上了电车。

脚边的暖气十分温暖,我就这样发呆放空地坐在摇摇晃晃的电车上。

我喜欢把头倚靠在冰冷的玻璃窗上。薄雾铺在玻璃上,外面的景色也跟着变得模糊了起来。

我一言不发地呆坐在教室里,意识仿佛被大雾弥漫了般混沌不清。回家后,打开邮箱,在确认没有信件后我又关上了邮箱。

我就以这样的状态迷糊地过每一天。老师教授的知识完全没有传到我的耳朵里,周围同学谈论的话题也完全没能引起我的注意。

意识中,我正在幻想着像倒计时一样正在不断缩减的东西。

触手可及的贵树君也将立即搬到我再也无法触及的地方。

我曾几度想给他打电话。

但伸向话筒的手总在中途停住,紧接着,无论如何我的手都无法再次伸出。

倘若电话那端的贵树君传出的第一声很是冷淡的话……我至今仍对这件事存在恐惧感,而且……

如果给他打电话的话……如果与他对话,我觉得自己一定会说出某些非常重要的事情。

事到如今,我仍在回避某些重要的事。

过了许久,我一直没有收到贵树君的回信。

大约两个半月后,我总算盼来了回信。我在房间里读着他的回信,然后将信件放进了抽屉,并小心翼翼地上了锁。

翌日清晨,我坐在车站的椅子上,一边等电车一边伏在膝盖上书写回信。

"前略。贵树君收。

"三月四日的约定令我喜出望外,时隔一年我们总算有缘重逢,不知为何我感觉很紧张。"

贵树君在信中写道:"对我们来说,栃木与种子岛相隔太远。要是搬走的话,或许很多年甚至直到我们成人之后也无法再见面了吧?因此,在搬走之前,我想见见明里,我想面对面地跟你说说话。

"三月四日放学后,我想坐电车去你那边,不知是否方便?因为那天父母都不在家,我可以晚回,哪怕就在车站见见面也可以……"

我一口气读完后,深深地吸了口气。

紧接着,我像往常一样,反复地读着贵树君写给我的回信。

啊……

这一想法再次在脑海闪现。

"开心"这样的词语已完全无法表达我此刻的欣喜之情。

这个人——总会说些我想说的话。

我知道自己在盼望这句话。

对……我觉得自己在无意识间期待着贵树君的这句话。

可如此了解我的人却要远行,这真是太郁闷了。

不过比起这个,马上就要和贵树君见面的消息更令我振奋。

能见到贵树君了哦……

我的心中充满了紧张感及恐惧感。

回信中,我详细地介绍了如何从新宿站到岩舟站的换乘路线,并附上了画满涂鸦风格的插图。

比方说,在大宫与小山之间我画了一条长长的线路,线路旁边写有"很远哦!"的字样。

就连从东京到栃木,我们都已经感觉远到想要哭了。

我希望遥远的路程及长时间的电车颠簸不会给他带来痛苦。

"我家附近有棵大樱花树,一到春天,樱花花瓣就会以秒速5厘米的速度飘落。

"假如春天能与贵树君一起到来就好了。"

我写道。

我吐出的气息被风吹散,我一边坐在车站冰冷的长椅上,一边回忆着往事书写着回信。

转校第一天发生的事已很久远。

"没关系,别紧张!"那句话。

手牵手一起逃课的那天。

他手心的温暖。

以及……

在漫天飞舞的花瓣中,我轻声细诉"秒速5厘米"的那天。

对于那时的事情,我至今仍然记忆犹新。

秒速5厘米是句特别的话。

是句我自出生以来第一次向男生告白的爱语。

原来如此……从那时起我就已经——

想听他的声音。

想牵他的手。

想感受他的体温,想注视他的双瞳,想……

虽然现在我已不像当年所期盼的那样,像花瓣飘落的那样,慢慢地自然而然地与他结合。

突然分离后再突然地接近,我们只能以这种不自然的方式见面。

"希望明年还能一起赏樱花"这种事或许已经再也无法实现了。

我真的很喜欢贵树君。

"要是能尽量来我所在的车站就更好了。

"虽然有点远,但希望一路顺风。

"我会遵守约定,晚上七点准时在车站候车室等你。"

5

跟贵树君见面的日子终于来临了。

那是一个上课日,在学校因为即将见面而倍感紧张的我突然想起一件事。放学后,我拔腿奔回了家,来到厨房,打开了冰箱。

贵树君放学后肯定是径直从新宿站过来,到岩舟站得花好几个小时。

所以,他一定很饿。

事到如今,再度回首这件事时,我自己都不禁有些自嘲。因为感觉自己的所作所为与老电视剧里的过时桥段很相像。

家里只有女生用的那种可爱便当盒,假如有那种大人用的大型牢固的便当盒就好了。

我把自己做好的精美的海苔饭团、煎鸡蛋,以及我独自完成的各种食物装进了便当盒,但在装盒的过程中我遇到了一点点小麻烦,以至于反复尝试了很多次后才搞定。

倘若还与贵树君一起上学的话,想必这种事应该会比较常见吧?

为了防止食物倾洒,我拿起餐布,将便当盒包好后小心翼翼地将其放入了包内。不知为何，仅凭这些我就已经很是激动了。

出门时，电视报道说需注意防范大雪来临，但我压根没将它放在心上。

六点后的室外，天色已完全暗了下来。

细雪一直在飘落。

我穿过庭院，来到车站。

我走在被雪覆盖得白皑皑的田间小道上，因为有些焦急，于是我开始奔跑。

马上就可以见到他了。

过会儿就可以见到他了。

当用古木建造的岩舟站跃入眼帘时，我竟然有种贵树君已经在那儿等候的感觉。瞬间，我变得难以呼吸，喉咙下方似乎被死死堵住了一般。

推开铝制框架的大门，我走进了车站。圆形火炉的热度及其上方金属盆内散发出的蒸汽让室内变得很暖和，我感觉因寒冷而紧绷的肌肤顿时也松弛了不少。

候车室内空无一人。

虽然约定的时间是晚上七点，但我很早便到达了车站。

我轻轻地坐在了墙壁旁的长椅上，然后将手放在了膝盖上。

只需在此等候，一会儿马上就……

月台那边的玻璃门被打开的话……贵树君就会出现在眼前。

那时，我该用怎样的表情面对他呢？

一年未见的贵树君又会有何变化呢？

我想，或许见到他的那一瞬间，我的心脏会停止跳动吧！

已经使用多年的旧火炉发出嗞嗞的声音，所有的窗户都被白雾笼罩着，我就像待在一个与世隔绝的四方形箱子中一样。

候车室内空无一人，就连车务人员也都待在车务室内。我独自一人坐在候车室内，为了不破坏这份宁静，我拼命屏住呼吸。

虽然孤寂地等待着，但我并不痛苦。

一想到贵树君正坐在电车里的座位上，一步步靠近我时，我的胸口就会颤抖不已。

也许，他正坐在车厢窗户旁的座位上一边隔着玻璃望着东京罕见的雪景，一边感受着电车的振动。

我尝试着站在贵树君的角度，与他一起感受他正在感受的振动。

我心中响起了车轮与铁轨发生摩擦的律动旋律。

此时，我产生了贵树君停下脚步正在等待着我，而我则正在朝他那边移动的错觉。

当时间临近约定的七点时，我胸口的鼓动开始变得越发猛烈起来。与此同时，我也有些焦急了，我的目光在墙壁上的圆钟与检票口的玻璃门间来回移动。

每隔十五秒我就会看一眼钟表。

时间过得很慢,我的身体开始自然地摇曳起来。

我就这样等待着,时钟的指针已经指向了七点以后的分针。

而月台那边竟然没有人通过——一个也没有!

刚才还欣喜万分的紧张心情瞬间变得喧嚣了起来。

我想透过雾蒙蒙的窗户看看月台那边的动静。

就在这时,我发现从方才起就一直没有电车停站,这让我倍感诧异。

我立马站了起来,飞速奔向服务台窗口,并大声呼叫车务人员。

瘦弱的车务员老大爷用温柔缓慢的声音对我说道:

"今天因为下大雪,风力太强,所以电车都停了。"

"欸……"

"为了确保线路安全,车辆得依次按照顺序行驶。前面的车辆要是不行驶,而后面的车辆继续行驶的话,就会出现撞车的事故。所以,车辆在途中会边走边停,慢慢行进。"

"请问,七点的电车大概会晚多久?"

"我不太清楚什么时候会到哦!我这边也没有收到任何信息,抱歉!"

我活动了一下疲惫的身体,然后坐回到了刚才的长椅上。

我注视着自己的膝盖,我看见自己的手指正在紧抓自己的膝盖。

当听到电车无法准点到达时,我不再注意时间了。

抱着无比期盼的心情，我用力地咬紧了嘴唇。

我就以这样的姿势一动不动地呆坐着。

时间流逝得很慢。

因此，我决定不再关注时间。因为我觉得不看时间的话，时间反倒会过得快一些。

这时，耳边不停地重复着火炉发出的噪声，给我一种热水沸腾的感觉。除此之外，再也听不到其他任何声响。

木制车站的房屋会偶尔传来一阵振动声，车站窗口那边也会时不时地传来响声，每当听到些许声响，我的耳垂及脖子后面就会哆嗦一下。当我侧耳倾听，了解到并未发生什么情况的时候，我的注意力就会继续回到注视脚尖上。

时间缓缓地流逝着。

三小时内，有多趟电车已经到达。

每每听到声响，我都会立即直起身子，并迫不及待地想要看清玻璃门后雪夜中的黑暗。

当推拉玻璃门的声音响起时，我会抬头目送那些满脸疲惫的乘客离开检票口，通过候车厅，直到他们消失在回家的路途中。即便候车厅内空荡无人，我也会抬头注视许久。

当确定他不在后，我会在长椅上缩成一团。

在等待他的这段时间内，我不断地重复着这件事。

我没有想到下雪会致使电车停运，因为搬过来的这一年内从未发生过此类事情。

也或许曾经发生过这种事，只是我没有直接遭遇过罢了。

不过坦白地说，我还是很吃惊的。俗话说得好，计划总是赶不上变化。

电车会因为下雪而无法行驶，并最后面临停运。

虽然我也明白这个道理。

但是，迄今为止我仍未亲身体验过这一实感。

因为大雪，贵树君无法向我靠近。

当下，贵树君被困在了因暴雪而停运的电车里。

这一幻想在我心中浮现，让我心痛不已。

雪花的秒速是多少厘米……？

我想不起来。

我想，要是换作昨天的话，我一定可以想起来。因为现在我的大脑有绝大一部分区域出现了短路的故障。

外面很黑很暗，但也被白雪装饰得银光闪闪，玻璃上的水滴让景色变得有些模糊。

天花板上，破旧的荧光灯发出淡淡的光芒。

这时的候车室就像一个四方形的箱子，而我正处于这个只有内侧的世界中，它带给我的是外面一片虚无的幻觉。

紧接着，在这片虚无的某处，有一个将贵树君困住的细长的方形箱子——这一场景在我脑海中浮现。

从市中心出发，坐三个小时的电车便可到达这里。

可在我看来，就是这样一个短暂的距离也很遥远。

他已经在电车里待了足足六个小时。

因此，我感觉距离瞬间翻了一倍，甚至更多。

啊！

"原来遥远就是这种感觉啊！"

我嘀咕道。

而且，今后的距离还远不止这些。

他马上就要去更遥远的地方了……

我不知该如何形容自己内心的不安。

我确确实实……真的确确实实感到不安了。

当火炉上的金属盆发出刺啦刺啦的声响时，时间就像在地上爬行般慢慢地流逝着。

贵树君没有来。

贵树君没有来。

我一个人在这里。

接着，贵树君马上就要去一个遥远的地方。

突然，我感觉肚子里有什么恶心的东西正在翻涌，我握紧手指，咬住双唇。

这是一种仿佛用手伸入胸口猛烈搅动的感觉。

我感觉喉咙下方很不舒服,一股呕吐感正在冲向心头。

此时此刻——

我就像触电般瞬间明白了。

那就是——

他的心情。

当贵树君接到那个电话,知道我要搬到枥木时的心情。

对的,我明白了。

剪不断理还乱。

宛如自己陷入泥潭之中般焦躁不安。

这是一种被抛弃的不安。

我终于明白了。

他也会悲伤、会寂寞、会不安。

为什么我连这么简单的事情都没有察觉到呢?

贵树君——

是一个温柔可靠、不会轻易动摇,且十分让人有安全感的人……

这或许就是我给他下的定义。

我——

很后悔。

我们在一起的最后一年，那次通话之后。

"我日思夜想，每天都想跟你在一起。"可我当时为何没能说出口呢？

这明明是我的肺腑之言，但为何我没有说出来呢？

我只要将内心所想说出来，他或许就会很安心。

当时，他也许正在烦恼"明里就要走了"这个事实，可我为什么会冒昧地对他说出"我们就此永别吧！"这样不经大脑的话呢？

我为什么会认为秒速5厘米是非常非常幸福自在且充满恩惠的事呢？

在打那通电话时。

我想他对我说什么来着？

我想他对我说"没关系哦"？

这是无理取闹的撒娇吗？

风声的对面，我感觉好像有电车到站了。于是，我扬起了头。

我目不转睛地注视着检票口。

脚步声渐行渐近，人影开始跃入眼帘。玻璃门被推开后，有人进来了。

一对陌生的情侣一边挽着对方的手臂，一边相互依偎着朝我走来。

下车的人只有他们。

瞬间，我感觉很难为情，于是迅速低下了头。

那对情侣从低头不语的我的身旁擦过,径直离开了车站。

从玻璃门灌入的冷风再次被中断。轻轻叹了口气后,我感觉心里十分忐忑。稍后,我下意识地敲了敲检票口的窗口。

车务人员对我说:

"发车后的电车一定会到达目的地的哦!只是现在有很多车都已停运,也许你等的人在换乘时被困住了……"

话还没说完,他就已经拨通了电话,并向始发站询问着电车的运行情况。

虽然不清楚详细情况,但停运的指示好像是贵树君从小山站出发后才发出的。

所以贵树君现在也许正在两毛线的某处,在四处空荡的地方收到了停运的指示。

是这样吧?

我不知道。

我觉得贵树君也许想过借助车站公共电话告诉我电车晚点的消息。

虽然我想立即确认他是否真的给我打过电话,但转眼间我又放弃了这个想法。

我不想被其他人打搅。

我不希望自己的心情被任何琐事绊住,我不想听到无聊的话。

我正在等他。

贵树君会来吗?

4

我在等他。

感觉时间就像停止流动了一般。

疲惫让我的头部变得越发沉重。

我正在等待一件无法确定的事,而时间的流逝却能麻痹我的神经。

我发着呆。

思维被麻痹的感觉令我倍感舒适。

晚点的电车。

迟迟不来的电车。

内心某处正为此事感到安心的我。

慢慢驶向终点的电车。

贵树君为了跟我告别,特意跑来见我。

可电车到达后,一切就会结束,电车是终结所有的预兆。

因此,我不想看见电车的到来。

上帝啊!请让时间就此停止吧!

花瓣掉落地面后又去往了何处？

它们消失了。

它们不见了踪迹。所以，应该是去到了某处。

我从包中取出信纸。

我将包搁在膝盖上，将信纸平铺在包上，紧接着便开始写起信来。

信是写给贵树君的。

我想借助当下这疲惫麻痹的大脑，毫无掩饰地写下自己真正想说的话语。

我完全不顾及语序，笔尖在跳跃性的思维下滑动。我把想到的事情全部记录下来了。

要是他来了的话，我就把信交给他。

此时此刻，我根本就不知道贵树君是否会来，但我却以他会来为前提正在书写着这封信件，真是太令人不可思议了。

他的到来意味着我们正式的告别。

他离开后，我们也许要隔上好几年才能相见，甚至直到长大成人。

我拼尽全力地书写着我想对他说的话。

我很喜欢贵树君。

我觉得现在是告诉他真情实感的时候，所以我大胆地写出了自己的心声。

但是，"很喜欢"这几个字却无法淋漓尽致地表露我的心情。

语言真是一个让人心急如焚的东西。

我想,要是能把这份心情掏出来,一边直接拿给他看一边告诉他这就是我的心情就好了。

可是——

这份"很喜欢"的心情对他而言又有多少价值呢?

我蜷缩着身子,以蹲坐的姿势书写着信件。

我双手的肌肤似乎一直都在害怕着什么。

我就像树叶下的昆虫,没有丝毫价值。对于这点,我自己是这么想的,而且我认为周围的人也是这么看待我的。

所以,我那份"很喜欢"的心情的价值或许只在于让人嘲笑。

很喜欢。

可即便如此。

我还是很喜欢……

我紧紧抓住这个毫无依靠的单词,不想放手。

我想象着因暴雪被困在电车中的贵树君。

雪花飘飞的景象在我心中一点点积累,既潮湿又沉重。

为什么挡在我们之间的不是樱花呢?

地球是圆的,南半球的季节与这里相反。

迄今为止,我依然非常喜欢这个景象。

然而,我现在觉得那些正在地球另一端赏花的人着实可恨。

因为对于我和贵树君而言，樱花飘落才是我们当下最渴望的景象。

我觉得我们就像被诅咒了般。

希望明年还能一起赏樱花——

正因为我说了这样一句毫无头绪的话。

所以我们才注定无法一起赏花。

贵树君为了见我一面，现正被困于雪中。

而真正将他困在雪中的人是我。

持有悲观消极想法的我就像《纳尼亚传奇》中的冬之魔女。

我总是将一些过分的事情强加给贵树君。

我总是在伤害他……

3

疲惫及火炉的温暖让我立即进入了梦乡。

我做了一个由很多零碎场景拼凑而成的梦，我不知道梦境里的自己是睁着眼的还是闭着眼的。

即便感觉到了什么，也不知道那是不是梦的一部分。我依稀感知到的是藏青色的厚厚的粗呢大衣的衣角。

我扬起头。

如墙壁般藏青色大衣的上面是贵树君的脸。

他的表情很是惊讶,以至于看上去有些僵硬。

眼前贵树君的脸蛋呈椭圆形,比记忆中要消瘦些。

模模糊糊的大脑已无法辨明状况,但唯独感情轻而易举地传达到了我的心中。紧接着,我瞬间变得无法思考了,只是呆呆地僵在那儿。

我一边注视着站在我面前的贵树君的脸,一边抓住他大衣的衣角,这不是幻觉!贵树君被我拉到身旁,并向前靠近了半步。

贵树君大衣的触感……

突然,指尖及表情都变得有些沉重起来。脸颊内部的水分开始聚集,泪水从我的眼角滑落。没过一会儿,脸蛋便被泪珠打湿了。

我抓紧他的衣角,低头不语。只见水滴一滴滴地落在地上,喉咙深处有种被卡住的痛苦感。

我没打算哭泣,但身体却不由自主地产生了反应,胸口痉挛的同时,水分被排出了体外。

痛哭流涕时,我愕然地发现了不属于自己的眼泪。哭着哭着,我开始有些不知所措。

贵树君也在哭泣……

这真的令我相当吃惊。

当知道贵树君也在痛哭时,我的眼泪开始飙落,我不知道泪水竟有如此强大的气势。体内好像出现了一个制造强烈感情的类似于心脏的部位,汹涌澎湃的感情从那里输送至我全身。

我只能说这真的是一种十分强烈的情感。

不是高兴,不是悲伤,更不是痛苦,这一情感在我全身上下来回循环,最后转化成液体流出体外。

我想冷静下来,于是,我重新抓紧他的衣角,咽了咽唾沫,擤了擤鼻子,屏住呼吸。贵树君衣服的触感确确实实地存在着。

我的情绪稍稍稳定了些……贵树君真的来了……这种真切的实感瞬间涌上心头。

贵树君来了。

为了见我,仅此而已。

2

已经很久没有体验过一起肩并肩排坐在长椅上的感觉了,这让我有些心痒。

我将保温瓶里的茶水倒在盖子里,然后递给他。他焐了焐双手后,立马饮尽了。

"真好喝!"他说。对于平时不太擅长说话的他来说,这句话充满了真情实感。

"是吗?这只是普通的焙茶而已哦。"

"焙茶?我第一次喝。"

"骗人,你一定喝过啦。"

"是吗……"

"就是啦!"

对话的感觉一如既往,这让我倍感欣慰。

虽说跟从前一样,但这里的从前也只是一年前罢了。

即便听上去有些对牛弹琴的感觉,但这恰巧又是最棒的沟通方式。对!我们平日里就是以这样的方式交谈着一些无关紧要的事。

"还有,这个是我做的便当。虽然不知味道如何……但还请你吃吃看。"

"……谢谢!"

贵树君似乎满心感激。

"我真的很饿。"

说完,他用手拈了一块我亲手捏好的饭团。现在已是深夜十一点,贵树君在电车里待了七个多小时。

我期待他的褒奖。

"……味道如何?"

我试探性地问道。

"这是我有史以来吃过的最好吃的食物了!"

贵树君微微低下头,用十分认真的语气回复道。

"这也太夸张了点吧?!"我边摇膝盖边接话道。

"是真的哦!"

"那肯定是因为你太饿了。"

"是吗?"

"是的!"

诸如"是吗?""是的!"这样无关紧要的对话让我心里痒痒,我很开心,但却有点想哭。接着,我也吃了一个饭团。一想到我们就像在野餐一样,两个人正吃着相同的东西,我就忍不住笑了起来。

笑过后,立马又有些心痛。

"你马上就要搬家了吧?"我嘟哝道。

"嗯!下周就搬。"

"鹿儿岛啊……"

"好远。"

"嗯……"

对于鹿儿岛到底有多远,我至今仍未正确意识到。但是,我开始理解什么是"遥远"。

虽然枥木也很远。

他说话的同时一定也在思考着跟我一样的事情。

"真不想回去啊!"

对于我的这句话，贵树君一定倍感惊讶，然而我却笑了起来。今晚我不想放他回去，我想一个人独占他到天明。

那个车务人员在检票口处轻轻地敲了敲玻璃制的窗口。

"马上就要关门了哦！电车已经没有了！"

"知道了！"贵树君回答道。

车务人员是怎么看待我们的呢？虽然我不知道他作何感想，但他的声音里充满了好意，而且他的温柔令我备受鼓舞。

"雪下得很大，你们要注意安全哦！"车务人员冲我们叫道。

"喂，我们走吧！"

就像说悄悄话般，我轻声细语地对贵树君说道。

1

风停了，只有雪花依然在空中飞舞。虽然很冷，但还没有到十分寒冷的地步。

停放在停车场的自行车车座及龙头上都积满了一层厚厚的白雪。

我和贵树君肩并肩地走出了那个木制的老车站。

空中飘落的细雪把街灯无法照射到的黑暗区域映射得辉煌一片。

踏着新落的积雪，那沙沙声令我心情舒畅。

我在车站的那几个小时下了很大的雪，怪不得电车会停运。

厚厚的冰雪堆积在街道上，把街道染成了雪白色。

车道、人行道以及周边的道路都被积雪覆盖着，以至于无法分辨清楚，乍一看有种道路瞬间变宽的感觉，车站前的T字路就像广场一样。

虽然已是深夜，但却感觉不到黑暗。街灯倾洒下来的灯光总是在一定间隔后铺泻在雪上。

因为有白雪的反射，所以黑夜看似闪闪发光。

我第一次在这样的雪夜中行走。

特别的风景令我情不自禁地奔跑起来。

贯穿于水田之间的小道也已完完全全被雪掩埋，水田上一片雪白，假如小道旁没有耸立的电线杆，或许真看不出那是一条道路。

远方的黑暗中，高压线铁塔整齐有序地排列着，乌云黑压压地飘浮在空中。

在朦胧的雪中，我和贵树君在阴暗的道路上肩并肩地行走着，雪地上留下了我们前行的脚印。

"看见那棵树了吗？"我边走边问。

"是你信上提到的那棵树吗？"

"嗯！那是棵樱花树。"

我们并排走向樱花树。

弯曲的树枝向四面八方延伸，那是一棵非常粗壮的大树。

贵树君想抱住树干，可无法完全抱住。我和贵树君站立在如此粗壮的樱花树旁，一齐注视着伸向天空的树枝。

我稍稍有些感动。

我一直都想跟贵树君一起站在这棵树下。

当然，这个季节的樱花树不仅没有樱花，就连树叶也没有一片。我们眼前的这棵树只剩光秃秃的树枝。

当我倚靠在树旁，怀抱贵树君写给我的信时，我感觉自己能够听到他的声音。

对了……在我心里，贵树君就是樱花。

从遥远的城镇的某处照射过来的灯光反射在乌云密布的天空，最后再落到薄薄的白雪上。我们被冰冷的光芒笼罩着。

至今，樱花树仍然挂满了白雪。

雪花从天而降。

"喂……"

我回过头。

"这很像……"

我用手心接住飘雪。

"雪吧？"

一阵寒风吹过，雪花飞舞，落英缤纷。

那时——我看到我们周围充满了春天的光芒,弯曲的枝干上有粉红色的块状物正在绽放。

这是花瓣。

倘若花瓣正在世界的另一侧飘落,那白雪就是这一侧花瓣飘落的幻影。

我想目睹的那个幻影被刺骨的寒风瞬间卷走,与此同时,我的意识也因此回到了黑暗的雪夜。

但我感觉那时的我应该是微笑着的。

"是啊。"

贵树君一脸温柔地说道。

这个答案令我有些意外。

因为我原以为他会使用"是吗?"这类疑问的语气来回复。

因此,直白的答复反倒让我胸口紧绷。

我被这一感觉驱使着,它把我带到了贵树君的身旁。

我注视着贵树君的双眼。

贵树君也注视着我的双眼。

当下,我已无法分辨到底是我靠近了贵树君,还是贵树君靠近了我。

对于这点,我暂且抛至一旁。我们以大约比秒速 5 厘米稍快些的速度自然而然地靠近着,而且中途我们闭上了双眼。

然后——

0

我的双唇碰到了他的双唇——

那一瞬间，我变得无法思考。

我感觉自己的意识不在这里，它就像不再附属于我一样变得空白无影。道道如雷电般的闪光在我脑中快速划过，闪光中有很多幻影，那些幻影在我还未意识到之时便消失得一干二净。有种类似于尖锐的羽箭般的东西正在射向我，它将我内心深处那片朦胧的部分挖走后便失去踪迹。纠缠着我的多余的部分被全部挖空后，世界消失了，唯独只剩下我一个人。

零碎的幻影正在泛滥，我无法将它们与自己区分。在好几个瞬间，我变成了贵树君。我兴奋着，高扬着，然后冷静下来，渐渐失去平衡。我既是自己的双唇，亦是他的双唇，我无法分辨二者之间的差别。我想，我应该明白了什么是永远，什么是内心，什么是灵魂。我知道我们是相同的人，但也是不同的人。我们吸收了对方的特色之处，并将其放在了自己体内。那时感受到的色彩、温度、感触及黑暗无以言表，我觉得我们可以互相分享这十三年来的所有生活，我知道我们正在思考着同一件事。

我们是不可或缺的同一存在。仅在那一瞬间，我们即可完美地理解对方。当肉体消失时，只剩全能之感。百分百的满足就是为了这一瞬间而存在。这一瞬间被延长至永远，而我也被卷进了那个畸形的世界。我们知道这就是奇迹，这是奇迹般地具备了一切时机及条件后所迎来的瞬间。在理解这一瞬间的下一瞬间……

我又变回了自己，嘴唇相互重叠的触感又回来了。

紧接着是禁不住的悲伤。

我感受到了他的热度，我不知该如何安置这份热度。我剩下的感觉就在刚才还那么清晰，但现在却被立即遗忘了，甚至充满后悔。这种无法再次体会的确信从指尖悄悄袭来，它夺走了我的所有手劲。

我和他的面前都有一个巨大的人生正在等待着我们。在这个忙碌的时间中，我清楚地知道那个完美的瞬间已无法再度出现。我明白，我们将来无法一直在一起。我们已经达到完美，不可能向上超越。

为何会如此突然。

我思索着。

我痛苦得快要窒息，我追求的是更加悠闲、更加自然的东西，就像樱花飘落的速度一样。然而，我们常常如此，我并没有追求这个没有未来的奇迹。

我该如何是好？我该如何是好？

这个疑问在我心中反复盘旋，我一边被混乱充斥着，一边被已然失去满足感的余韵驱使着。我搂住他的脖颈，将脸颊枕靠在他的肩膀上。

虽然隔着厚厚的冬装，但我想用尽全身来感受他身上的所有优点及美好。

没多久，我心中的混乱及不安便被他的体温给融化了，残留的只有喜悦与纯真。

雪块从树枝上滑落。

白雪不间歇地从被树枝遮盖的天空中飘落。

我被他的双臂紧紧地拥抱着，我陶醉在这片强有力的触感中。

1

那晚，我们在田野旁存放农具的小屋中过夜。我们脱下外套，手握着手，披上放在书架旁的旧毛巾后，相互拥抱在一起。

他那温热的体温一直传向我。

我们聊了很多很多。

在漫长的夜晚，我曾期盼过时间能够就此停止。还有就是……希望他能将我带走。

然而，我知道这是不可能的奢望。

这并不是因为我们都是小孩……在接触到他双唇的那一刻，他感受到了我所见到的东西。这并不是自我确信的猜测，而是我非常清楚他确实看到了。

我们在漫漫长夜中，并未提及那一瞬的体验。那无法取代的一瞬，那绝不会再次来临的一瞬，那无以言表的一瞬，我们从未想过试着用语言进行确认。

我们已经无法再在一起了吧？

倘若没有调职及搬家，我们即便在同一所学校上学也一定无法走到一起吧？相反，恰巧正是因为彼此的距离很近，我才能清晰地意识到现在回想已经失去的东西只会带来痛苦而已。

虽然有这种预感……即便如此，我依然希望时间能够就这样停止。

贵树君来见我了，这让我倍感温馨。仅仅为了见我，他来到了这里，他现在就在这里。

将脸颊倚靠在他消瘦的肩膀上，很是舒服。我们掉落到了黑暗之中，但无梦。

2

翌日清晨,贵树君要乘坐第一班电车回东京,我在月台上为他送别。

车站月台上的积雪还没被清理,我们在雪地上留下了第一道脚印。直到电车进站停靠,我们一直都是手牵手。

虽然没有半个人影,但我们还是尽量远离车站,在月台的边缘处站着。

电车马上就要进站了。

随着阵阵巨响,电车滑进了月台。

还有十多秒,电车就会离开。

贵树君登上电车后立即回过头来,在电车的入口处,我们面对面地对视着。

"那个……贵树君……"

我的手在胸前的包包上犹豫地摸动着,我想到的是昨天在车站写完的那封信。

那是为了交给贵树君,为了传达自己无法传达的心声而写下的东西。

正当我准备从包里拿出信封交给贵树君时,我的手忽然停住了。

接吻的时候——

那一瞬间我心中所产生的"那个体验"。

意识到这点后,我感觉信上所写的内容非常不充分,甚至接近于什么也没写。并且,在我看来,这就是一个贬低奇迹价值的东西。

语言与体验的纯真相比简直就是噪声。

那时产生的强烈情感并不能以书信的形式记录。因此,我不想给贵树君留下这样一个劣化的回忆。

那一瞬无以言表。

就连"很喜欢你"这句话也变得很是空虚。一想到贵树君,我的胸口就会有种剧痛感。我分明死都想跟贵树君在一起,可"很喜欢你"这句话却完全没有任何真实感。

即便如此,我还有一句不管怎样都想说出口的话。

然而,就在我正准备说出口的瞬间,我突然又想落泪哭泣。在眼泪即将夺眶而出之时,我开口道:

"贵树君今后一定会好好的,一定!"

我抬起头,激情洋溢地大声喊道。

只有这句话,我一定要跟他说。

这也是我希望别人对我说的一句话。

我将这句话告诉了眼前的另一个我,同时也告诉了自己。贵树君不顾暴雪来到这里,我的思绪也因此有了某种变化。

虽然这种变化无法言明,但它确确实实地发生着。在见到贵树君的那一瞬，我发现体内因生存而聚集的紧绷的恐惧感竟然顿时烟消云散了。

用现在已经长大成人的我的话来说就是——我被祝福了。

贵树君为了祝福我不辞千里来到我身边。

因此，我也想给予他同样的祝福。

其实，祝福对方期望对方平安无事是需要勇气的，但这又是一股不可或缺的力量。

很久很久之后，已经长大成人的我是这么想的。

远方的汽笛声开始响起，电车门发出了即将关门的空气压缩声。

贵树君轻轻说了声"谢谢……"与此同时，电车门快要关上了。

他把脸靠在缓缓关闭的车门玻璃上，然后犹如大叫般地说道：

"明里也要保重！"

他一边将手贴在玻璃上，一边清晰地喊道：

"我会给你写信哦！还会给你打电话！"

我与他的位置开始发生倾斜。

电车中的他确确实实正在加速，而且越发遥远，越发渺小起来。

当汽笛声再次响起时，不知从哪儿传来了一阵如同小鸟站在枝头不停拍翅飞翔的声音。

电车越跑越快，转眼间便失去了踪迹。紧接着，一股丧失感顿时向我袭来。

我一动不动地站立着，目光却一直注视着早已不见踪影的电车的方向。

列车专用信号灯已变红。

抬头凝望天空，朵朵白云低低地飘浮于天际，清晨的蓝天一望无垠。月台前又覆盖了一层没有任何足迹的崭新的积雪。

在我看来，眼前的一切似乎都是"贵树君已经不在了"的表象。

然而我……

却拥有了"今后也能活下去"的实感。我依然纹丝不动地伫立在那里。

因为有他在。

无论他在多远的地方。

只有他才能时时刻刻彻彻底底地理解我，而他会一直陪伴在我身旁。如此感慨后，即便这里只剩我一人，我也依旧可以生存下去。

啊！在丧失感猛烈袭击我的同时，我竟然收获了不可思议的满足感。

所以我决定，在下次与他见面之前，我一定要让自己变得更坚强。或许，这将发生在遥远的未来，但我依然决定改变。

可是，这之后我们并未重逢。

第二话

宇航员

15

已经与明里断绝了好几年的书信来往。

14

初中一年级第三学期结束后,也就是毕业典礼的翌日清晨,我登上了从羽田机场飞往鹿儿岛机场的飞机。

这是我第一次一个人乘坐飞机,但无论检票还是搭乘,中途都没有出现任何问题。按照搬家日程安排,父母已先我一步到达种子岛,因为我想出席在东京的最后一场毕业典礼,所以最后只能独自踏上旅程。

我一动不动地坐在经济舱的座位上,用时一小时五十分钟后顺利抵达鹿儿岛。当时,我没有任何不安的感觉,但心情也没有特别激动。

飞机起飞后中途便不会降落,因此这反倒令我更安心。

在机场找到接送巴士后,我登上了巴士。

起初我稍微有些迷糊,当我睁眼望向窗外时,发现自己已经身处鹿儿岛市的街道上了。透过车窗，我看见宽敞的道路中央架满了电线，城市电车并排行驶着。

我在鹿儿岛市政府门前下了车，然后按照复制的地图向港口走去。

这里的道路十分宽广，因为没有高层建筑的缘故，感觉天空也非常辽阔。街道旁并排种植着椰子树，让人深切地感受到——啊！已经来到了南方。

我乘上前往种子岛的高速船，在跨越一个大海湾时，大海对面的茶色岩石山峰霎时跃入眼帘。乍一看，岩石山峰有种几乎要将出海口堵住的趋势。事后才得知，那就是有名的樱岛。

按照规定好的航线，我静静地移动着。

与等候在种子岛西之表港的父亲会合后，我们驱车行驶了大约一小时，再往前就是南种子镇。

通往南种子的国道沿海而建，打开车窗，潮水的香味扑面而来。

那种纯粹的宛如喝醉了酒般的大海的感觉至今依然记忆犹新。

穿过小镇后，眼前出现了一片宽广的田野，一直延伸到下一个小镇。

田野的对面是浓绿浓绿的遥不可及的山峦，穿过山峦，则是一片波光粼粼的海洋。

可能因为植被各具特色的缘故吧，这里给人的印象与幼时居住的长野山野截然不同。

嗯！或许应该这么说——日本原来还有如此美丽的地方啊！一股朴素的感动立即涌上心头。

新家是幢木造的房子，在这样的房子里居住，总给人一种时隔许久的感觉。

虽然这是一座非常古老的建筑物，但屋里的装修还是非常精美的，而且还设有洗衣间。房屋的梁柱呈焦茶色，非常粗大，因此看上去很显档次。与此同时，这间房屋最大的优点在于它非常宽敞。

父亲说："因为在集合住宅区住久了，才会对这样的家感到新奇吧！"确实，我着实感到新鲜。

这里并不坏。

走至庭院，抬眼便是宽广无垠的蓝天。说实话，这片浓郁碧蓝的天空令我有些痴迷。

虽然鹿儿岛市内的天空已经让我感受到了广阔，但这里的天空竟然比前者还要更为宽广。

为此，我感觉脑神经似乎都还没来得及跟上眼前的变化。

我的身体仍然停留在那日与明里相见的雪夜之中。确切地说，应该是停留在对那辆电车的感触之间。拍打在窗台上的雪粒、暖和得令人眩晕的房间以及那时那刻的焦躁感一直滞留在我的心间。

面对如此之大的落差，我倍感目眩。

我试着回忆方才坐在车内欣赏到的这座岛屿的景色。

虽然之前也对社会科学有过一些粗浅的认识，但类似于防风林、甘蔗田之类的景观还是第一次亲眼见证。

而我正是来到了这样一个地方。

我想，就临时场所来说的话，这已经足够了。

因为用不了多久，我又会搬往他处。

13

四月后，我转校进入了南种子中学。

这所学校的校服与之前学校的一模一样，因此，一成不变的黑色校服让我稍感心安。

在转校这一问题上，我也算个老手了。所以，对于一个转校生来说，刚进入一所新学校应该采取哪些行动，我可谓是轻车熟路。

我想，这或许是因为我见识过太多像明里那样的学生的缘故吧。

正因为我近距离地接触过转校的她，如今才能这样漠然地理解接受自己转校的事实。

虽然无论是谁，在经历升学及就职之后也定然会收获同样的认识，但我在十四岁之时便意识到了这点，我想，于我而言这应该是非常宝贵的经验，甚至可以说是一个很好的武器。

即便在众目睽睽之下，我也不会恐慌。

即便在万目注视之下，我也不会迷茫。

虽然不能太过招摇显眼，但也不能默不作声。与此同时，在做自我介绍时还不能露出丝毫敌意。

因为对方也是有所防备的。

这点不能忽略。

转校生在短暂的一段时间内……大约一个月到一个半月的时间里会比较受人关注。

而这段时间往往非常关键。在这期间，转校生必须记住班上所有同学的名字，因为备受关注的人如能记住对方的名字，那对方一定会很开心。紧接着，转校生可以凭借对方对自己产生的好感进而慢慢地融入整个班级。

总而言之，千万不能让对方产生任何不融洽的感觉。

因为小孩本身对这一问题是非常敏感的，而且会做出强烈的拒绝反应。

十四岁对于本人来说或许是个已成人的岁数，但实则依旧是个孩子。

尤其是在面对外界刺激时，我们做出的反应并不够成熟。当然，我也不例外。唯独这点，让我心生厌恶。

如从这一原则出发来看的话，我转校第一天的自我介绍也许并不十分完美，但也不存在太过严重的问题。

"因为父母工作的关系，我已习惯转学……但目前对这个小岛还不太熟悉，所以请大家今后多多指教！"

这句话中或许透露着一股我对当下不得不站在这里的自己产生的无法掩饰的反感。

班上有个名为澄田花苗的女生，但那时的我并未对她形成个体认识。而且，在之后的较长一段时间内亦是如此。

当我写下这些文字时，已是高中毕业许久之后的事情。

因为无法忘却这段过往，所以才决定写下来。这里有我以及……应该再也不复相见的澄田花苗的事情。

如今回想起来，与澄田的第一次对话好像是在转学后一周左右。

那时，我已对班级人际关系、谁是班级中心人物、谁的发言最权威等有了一个较为清晰的认识。

从这层意义上来说的话，她是个平凡普通的女生。

我已记不清楚当时跟她都聊了些什么。换言之，双方彼此之间并未留下任何让对方记忆犹新的话语。

如果我没有记错的话，我们只是就换教室上课展开了几句对话而已。不过，她的语气非常亲切。

对了！当时她特意走到我的课桌前，将要换教室上课的消息告诉了我。

一直以来基本没有任何接触的澄田花苗竟然突然过来跟我说这些话，我着实有些吃惊，但是，我并未产生过多质疑。当时只是认为这个女生很亲切罢了。

校舍二楼阳光充裕，令人睡意萌生。那日，我好像有跟她一同前往设有黑色试验台的理科教室。

这是一座风力强劲的岛屿，操场上的沙土总会随风吹至屋内，不管怎么打扫，四处仍然铺满尘土。

在这条尘土飞扬的走廊上穿行的学生寥寥无几，因此我们路过了好几间空无一人的教室。

这些都是在东京读初中时未曾见过的细节，所以它们确确实实地让我感觉到自己真的来到了一个与众不同的地方。

阳光透过南面的窗户射入没有窗帘也没有人影的教室，在洁白的地板及天花板上形成反射后照耀在走廊之上，显得格外明亮。

作为种子岛学校生活之象征风景，这束强烈的光线深深地烙在了我的心中。

也许，澄田花苗已将眯着双眼欣赏这一风景的我看在眼里。

而对此，那时的我没有丝毫察觉。

我的洞察力并未指向这方，新环境带给我的新鲜感已然充斥全身，为了融入其中，我的神经负担重重，而且……明里也对我的心情产生了巨大的影响。

穿过寂静无声的教室,向操场望去,刚刚刷完油漆的足球球门正静静地伫立在那里。

我之前加入过学校的足球部,但转校到这里后我却没有加入。

我发现了那个对足球打不起任何精神的自己,我想,我内心的某些东西已经发生了改变。

12

每逢假期,我都会脚踩自行车到岛上的各个角落转悠。

转学后的第一个周日,我做的第一件事便是前往南种子镇的唯一一家书店,在那里购买了一本种子岛的观光指南。观光指南内附赠了一张岛屿地图,观光景点均以表格的形式罗列在上。

我决定依靠这本观光指南游遍岛内所有名胜。而且,内心深处那股无法安静下来的心情正驱使着我行动。

升入初中时,生活在长野的婶母为我买了一辆山地车。还记得,当时山地车风行一时,甚是流行。

虽说这是一辆山地车,但它并不是一辆能在山路行驶的车子,它只是一辆在百货商场销售且写有警告语"请不要在沙土路上行驶"的车子而已。不过,这辆山地车的轮胎部位设有抓地钉,因此,如若用力踩蹬的话，速度还是十分理想的。

虽说是在岛上四处游逛，但种子岛毕竟是日本第五大有人居住的岛屿，想把整个岛屿全部转一圈的话恐怕并不容易。

我家位于南端的南种子镇，因此我打算从岛屿的南侧开始，按照自南向北的顺序，每个周末都去一到两个地方游游看看。

种子岛是一个南北细长的岛屿，长度大约有六十千米。

所以，如果想从南种子镇骑车去北面的西之表市游玩的话，那将会是一段非常漫长的行程。虽说这并不意味着无法前往，但要是仔细计算一下往返时间的话，你会发现在市内滞留闲逛的时间几乎所剩无几。

可即便如此，我仍会利用岛屿北面的浦田海水浴场宿营场地，然后花费周六周日两天的时间多次巡回整个岛屿。

我最先去的地方便是种子岛宇宙中心。

沿河行走数千米后顺着一条通往丘陵的小道前进，不久便可进入宇宙开发事业集团 NASDA 的专用场地（当时 JAXA 并未改名，仍用 NASDA 这一名字）。

我用力蹬着山地车的脚踏板，就在登上山丘的那一瞬间，视野忽然开阔起来。

山丘的另一边是一片淡绿色的矮草地，看上去宛如一块牧草地或高尔夫球场。

一条笔直的柏油路横穿于草地中央。

柏油路的对面是大海。

种子岛的海如岩石般生硬。

几块巨大的茎永层的赤色砂岩犹如条状花纹裸露在地表之上，有些甚至直接扎出海面，给人一种来到火星表面的错觉。

波浪长年拍打海岸，大地被一点一点地侵蚀，红色土地——这座被绿色覆盖的岛屿的本色渐渐地也被暴露了出来。

穿过长有巨大的赤色岩石的海面，向更远的方向望去，可以看见岬角。岬角的前面矗立着两座形似犄角的铁塔以及一幢四角的白色建筑物。

那里是火箭发射基地。

我将自行车放倒在一旁，然后站立在道路的中央，我一边面向薄云飘飘的广袤蓝天，一边想象着火箭升空的情景。

可是……火箭应该向着何方以何种方式飞行呢？

关于这点，我实在无法形象地想象出来。

我分明在电视新闻里见过很多次火箭发射的情景，可为何无法与当下这一现实的景色连贯到一起呢？

或许，是因为这个岛屿的天空太过宽广的缘故吧。

向地平线望去，甚至可以察觉到地球是圆形的。从这里看到的大海是如此辽阔，这与狭小的甚至可以用来指路的东京的天空迥然不同。

我在初中的两年里养成了眺望大海的习惯。

一得空，我就会登上位于宇宙中心附近的卡茂利山峰展望台，远眺烟雾缭绕的屋久岛。

如若看腻了这一风景，我就会去门仓岬公园闻一闻潮水的味道。很久以前，这里曾是葡萄牙船只停泊的地方，而每艘船只上都载有大炮。被云彩淡淡覆盖的青空上缀有点点红斑，我就这样一直瞭望着这一景色。

我也常去岛间港。

岛间港是眺望日落的最佳场所，此外还可以在这里钓鱼。有时，我会被商船装卸货的场景吸引，等回过神来，才猛然发现夕阳即将落山。

看着渐渐沉入海中的燃烧得犹如石炭般的太阳，我就会产生一种仿佛世界末日临近的陶醉之情。

诸如这般，我将岛上的很多地方都转换成了自己的某种情感。

清晨早出的话，还可以闻到朝露的味道。

朝露在南国烈日的照耀下会发生汽化，紧接着，又可闻到草叶的味道。

倘若沿海岸国道骑行，大海的气味会扑鼻而来。

如果察觉到雨水的味道，顷刻间便会暴雨骤下。

在车轮胎与柏油路摩擦的同时，我一边慢慢地移动着，一边感受各种各样的味道，感受移动中的自己。

如若停止移动，反倒会感觉非常不适。

换言之，如不移动我的心情就会骚动不安，胸口疼痛难忍。

这里，真的是一座充满气味的岛屿。

色彩、空气全都充满了令人诧异的浓郁之味，几乎令人眩晕。

我将在新地方的新生活写成信件，寄给明里。

这里学校的学生人数远远不及东京，每个年级只有两个班，但不知为何，见到此番景象的我却感到很安心。

种子岛的美超乎我的想象，甚至到了令我惊诧的地步。

类似这样的事情，我都记下来了。

譬如红色的土地、接近黑色的绿色山峦，以及比其稍淡些的田野。

还有深夜溜出家门在星原海岸上见到的星空。

我想，定然是因为以前的人们也像我一样驻足在此仰望夜空，才给这里取名为星原吧。站在这里，视野开阔，四周没有一星半点的遮蔽物，一百八十度只有宽阔的大海和天空。假如波浪停止波动，那不就可以看见星空倒映在海面之上的景色了吗……

收到明里的回信后，我感觉字里行间透露出的明里的心情与那个雪天稍有不同。

她以前写给我的文字常常如同蒙着一层阴霾般，换言之，总感觉她的开朗只是佯装。而现在这层阴霾似乎正在一点一点地消散，看来，她的生活应该还挺顺利的吧。

就这样,安稳且充实的日子在持续了两年之后,我初中毕业,升入了十五公里开外的中种子镇高中。

11

我在潜意识里渐渐认识到与明里的书信往来一定无法长久。

每次给明里写信,我都会写很多很多的内容。自然,明里也会给我回复很长很长的信件。我写了很多身边发生的特别的事情,以及一些微不足道的事情,这甚至让我产生了一种紧张的竞争感,写到最后,往往都是在拼命地堆砌文字。或许,明里亦是如此。

我俩都非常努力地维持着彼此之间的联系。

我和明里现在也通过特殊的回路相互连接着——为了确认这一点,我们花费了大量的劳力在笔尖上。

然而,这种十分牵强的维系方式是无法长久持续的。

我常常在用文字塞满信纸的同时强忍着掀翻桌子的冲动,就像忘记了如何打开放有重要宝贝的金库般——

那个雪夜,我和她发生的事情。

明里从未在信中提及那日的事情,一字半文都没有,我非常清楚她此时此刻的心情。

因为我跟她一样,也绝不会将这样的事情写进信里。

这并非我俩商议后达成的一致,而是因为,我们只能如此。

那一瞬间……

那棵樱花树下发生的事情实在是太完美了。

我只能这样说。

不管怎样的比喻形容都无法准确表达那日的心情。

那天,在那个地方,发生了一个"完成式的瞬间"。

"那个瞬间"被极其纯粹地完成了。

那里涵盖了所有的内容。

已经完成的东西是无法继续培养的。

完成的东西在那一瞬,在那个地方被固定了下来。我俩不可能将其置于其他任何地方。

这是一次无法言明的体验。

如用语言加以概述的话,那过程应该就是提取、剪切、保存……这行为简直与标本制作如出一辙。

我俩不想把那场对我们自身改变起到决定性作用的体验变成标本。倘若强行用语言表述无以言表的事情,那只会让事情原有的光辉受损。如此一来,其实与贬低此事没有区别。

正因如此,所以……

所以在那之后,我并没有告诉明里那日在车站月台信纸被突如其来的一阵强风刮走的事情。

最后见面的那天,我想将分隔两地后对明里的思念之情传达给她,因此特意给她写了一封信。我借助文字,写下了很多无法口述的事情。而那封信在等待电车的站台上被寒风夺走了,吹到了一个我再也找不回的地方。

但是,我想这样即可。

因为无以诉说的话语应该非常粗略杂乱吧。

很多东西是写不出来的。

我望着宇宙。

与那次的体验相比,我之前写的信件就像原始人认为的世界是由大象背负着的构图般,这样的东西是无法作为心情想法转交给她的。

我着实感到异常愕然,"语言"这种工具的精准度实在是低到了骇人的地步。

可即便如此,即便明白这一点,除了语言,我再无任何东西可以转送给她。

我只能借助堆满文字的信纸去感受对面的她。

明里的文字中缺乏那日所见到的世界的真实感,可纵然知道如此,我仍在她寄来的书信中,在自己写信寄信的行为中寻求那次压倒性的体验的残渣。即便明白只是徒劳,却依然坚持寻找。

不过,长期的一无所获也渐渐让我有些疲劳。

在我搬到种子岛的数年间，每当出门上学及放学回家，我都会打开邮箱确认是否有新信件，这已成为我每日的必修课。

不，与其说是每日的必修课，倒不如说是身体下意识的习惯。

就像某种依靠般，我迫不及待地等待着她的来信。

假如在邮箱内发现她的来信，我定然会十分欣喜，但与此同时，每次亦会伴随些许微弱的无力感。

那时真是……

我分明非常清楚自己的感受，分明切切实实地把握着现实存在的东西，可当下无论如何伸手都无法再次触及。

虽然好几次我都想把这些话语写下来。

但是，每次执笔打算记录时，最后都会写成其他文字。

无力感……

想必明里也是有同感吧。

换言之，持续不断相互通信的话，我们最终都会踏入某一领域，而迷茫到头来也只会让我们在步入那一领域之前突然陷入沉默。现在，这一感觉似乎正在逐步向我逼近。

其实，对这一感觉我心知肚明，这就是语言的境界，恰如撞上悬崖般无法前行。即便想通过语言表达，也只不过是空虚地启动一下嘴唇而已，根本发不出声音，这种感觉就像关闭了扬声器的音响组合一样。CD在旋转，演奏在进行，可怎么也发不出声音……

再这样下去的话，或许我俩努力通过书信获取某种共有感触的信念也会逐渐泯灭吧。

书信已在不知不觉中降格为单纯的记录和报告，它已经失去了纸张背后的厚重感，转而变成了写满文字的纸张。

再往后，我们双方都不再写信。

于我来说，明里不再来信以及我不再寄信这件事情已成为默认的事实。从某种程度上来说，甚至有种解脱的快感。

从前的那份短暂的安心感已飘然逝去，我体内仅存的明里的碎片被浓郁的现实之色填涂得一干二净。此时此刻，我内心深处潜留下来的是从今往后或许再也不会祈祷被人理解的空虚感。不过，这一感受竟意外地夹有一丝爽快感。

10

虽然已定居岛屿，但依然有些事情令我错愕不安，高中生可以肆无忌惮地骑原付摩托上学就是其中之一。

穿过图书馆楼前的小道，在面对国道的停车场内停有很多小型摩托车。从建筑物内走出的身穿水手服的女生戴上露脸的头盔后麻利地跨上了摩托车，然后以非常熟练的动作启动引擎，转眼间便驶向了远方。

当然，就骑摩托车上学这件事，校方是持允许态度的。

不过，从本土感觉出发的话，这确实非常异样。而实际上，直到今天我依然认为这是一件不可思议的事情。

种子岛是一个大岛，但岛上却不通铁路，巴士的数量也十分稀少。正因如此，学生们才会骑原付上学。可话虽如此，我个人感觉上学的距离仍未远到无法依靠自行车的地步。

不管怎么说，我反正是这么想的。

然而，打我亲身尝试从南种子镇到中种子高中上学后，才迫切感受到"必须骑摩托车"。在我看来，摩托车甚至成了非常重要的生活必需品。

刚入学时，我曾骑自行车上学。

从我家到学校恰巧是十五公里的路程，这是我用尺子在地图上测量出来的距离。

起初，我想作为每日的运动，这应该算是个比较理想的距离。而且，我常听人说种子岛是一个地形平坦的岛屿，所以我感觉这应该会很轻松。

可是，在经历了一周到两周的自行车生活后，我渐渐认为这是一个非常错误的想法。

（那个说种子岛地势平坦的人到底是谁？）

当时我的心情大概就是如此。

大概，说这句话的人是把种子岛与海拔高达一千五百米的屋久岛相比而言的吧。换个角度想想，所谓的岛屿是指高于海面的陆地，那出现隆起现象也是十分自然的。而且，岛屿与本土平原存在差别，倾斜的角度必然会更大些。

如以观光的心情脚踩自行车四处闲逛的话，常常会自然而然地忽略上坡这一苦差。可换作例行日程，即每日都要骑车爬坡的话，无论身体还是意志都将负荷重重。

在南种子和中种子的正中央附近有一处类似山谷的坑洼地带。虽然道路两旁的田园风光甚是迷人，但这也意味着无论是去还是归都要途经一段十分陡峭的上坡路。

如果每日都以上课铃为标准正好冲刺到学校的话，我的肺部和心脏功能想必都会因为过劳而急速衰退。

而且，下坡其实也不容易，一不小心没刹住车的话就会急速冲向前方，甚至有跌倒的危险。

如若仅仅如此也还罢了。

这座岛上长年都刮着强烈的海风，要是逆风而行，整个人只会心力交瘁。

此外，就拿国道来说吧，道路两侧竟然没有照明的街灯！只要离镇子稍微远些，就再也找不到一处民家，因此，如果稍微晚些的话就会被黑暗完全吞没。

被黑暗完全吞没并非夸张的措辞，那种黑真的能黑到让人无法辨别道路的程度。而且，自行车车灯在这种黑暗中也会瞬间失去原有的作用及意义。

假如在这种状况下还突遇降雨的话，那就更糟糕了。通常，傍晚下起的雷雨总像是谁的恶作剧。

于是，我立马跟父母商量了一下，经过一个通宵，我顺利通过笔试拿到了原付的驾照，随后便下手购买了学校指定的车型 Honda SuperCub。

这是一辆 50CC 的小型摩托车，但已足够使用了。除装载行李之外，它还装有变速器，可轻松登爬坡道。同时，在车头的下方还设有防风用的挡风板，既结实又实用。

话说回来……澄田好像曾经建议我说"还是买辆 Cub 好些"。

不过那时因为对自己的体力信心十足，所以我回复说："没事，我骑自行车挺好的。"但现在我也改变了主意。

首次骑 Cub 上学的那个清晨，在停车场内我与同样骑着 Cub 的澄田不期而遇，她看了看我，说道：

"你看，我早跟你说过了吧！"

在进入高中后，我才开始对澄田花苗这个女生进行"再发现"，其实也就是我依旧骑自行车上学的春末时分。

从中种子高中出来,沿着唯一的一条道路向东一路行驶,便可到达中山海岸。

离开集镇,两侧只有田地。从投币式精米机前穿过,登上林中一个不太陡峭的坡道,即可看到道路两旁并排摆放着的旧摩托艇。再往前,穿过周围的树林,海岸会突然尽收眼底。

这里有一个停车场,正面还有一个用混凝土筑成的船舶安全停靠场。但是,我从未见过有船只停靠在此。因为一直没有被使用,所以从来都没有人来过这里。

船舶停靠场的右侧有一片雪白的沙滩,沙滩弯弯曲曲地一直延伸至远方。沙子的颗粒很小,手捧细沙仔细打量的话,你会发现它们正在闪闪发光。

宽广的大海,浓厚的颜色,远处的海浪渐渐变小,最后变成夹杂泡沫的白色浪花。浪花进而时不时形成细长的类似于管筒形状的水柱,不断拍打着海滩。

这样的景色是无论如何都看不厌的。

然而,我来这里的目的并不是观看大海。我在停车场的角落里找到一块如腌制咸菜用的石头般大小的白色石块,将其搬运到沙滩后,我坐了下来,然后点燃了一根香烟。平日这里几乎无人。

这是那个奇怪的名为TASUPO的识别卡仍未诞生,即自动贩卖机可以随意使用的幸福时代。那个在周围尽是熟人的岛上嘴吸香烟的高中生现在又是何种情景呢？

我无聊地拨弄着生长在脚边的滨旋花蔓藤，然后呆呆地瞭望着大海。在大海的远处，可以模糊地看见一个趴在单人板上奋力划动手臂的人。

这令我感觉十分稀奇，因为这里的海岸是禁止游泳的。

不过这里空无一人，对于练习游泳的人来说还是十分便利的，所以应该问题不大。

单人板上的人身穿类似黄色的简易潜水服，在大海中显得异常显眼。这个人的身材看上去很小，故而说不定应该是个女生。只见那人抱着单人板拼命地逆波前行，却总是被海浪反推回来。可即便如此，她依然坚持不懈地重复着这个过程。在评论此人游泳技术精湛还是粗浅之前，我感觉怎么看都像是初学者。

不过，不知为什么，那副不屈不挠的姿态却打动了我的心。

与其说她想乘风破浪，倒不如说她其实是为了与海浪做斗争。因此，她十分拼命的样子着实值得称赞。

看到她反复挑战的姿态，我的心情也莫名地开始焦躁起来。

本来，我也应该像她一样锲而不舍，但自己却感觉十分疲惫。

我把香烟和便携式烟灰缸放入口袋，然后一边感受着屁股底下冰冷的石块，一边注视着抱紧单人板的那个小人。没过一会儿，我突然发现：那个人不就是澄田花苗吗？

紧接着，我细看了数分钟，确定对方就是澄田花苗。

澄田花苗跟我一样，是从南种子初中升学到中种子高中的学生，现在所在的班级也与我仅相隔两个教室而已。从南种子初中毕业后能够升入的高中只有两所，所以初高中一直同在一所学校的现象并不稀奇。

欸？原来她还玩冲浪啊？

尽管我之前并未有所耳闻，但当下也没有感觉特别意外。

因为澄田看上去很像地道的岛住居民，也很健康，所以这样的女生玩海上运动也实属情理之中。

随后的一段时间，她想翻身乘上单人板，可板子却翻了过来，她一直重复着这个动作，而我则自始至终在一旁观望。之后，也许是她放弃了吧，她游回了海滩。在游到脚能够得着地的地方，她放下单人板，用皮带拉着前行。与此同时，她像是正在用胫骨拨开海水般，缓缓地走上岸来。

走至这里，她才察觉到我的存在，而且，她显得十分吃惊。

"啊呀！"

默默不语的话反倒会显得极不自然，于是我开口说道，而且我尽量试着让自己的表情显得淡定自如些。可她的表情却异常惊恐，就像被人目睹了自己很难为情的一面似的，非常微妙。

"远野君……"

澄田花苗说到这里后便停下了脚步,随后才缓缓地走了过来,但在距离比较远的地方她又停了下来。她的呼吸依旧有些急促,伴随着凌乱的呼吸声,她说道:

"欸?你为什么会在这里?"

"该怎么说呢,这纯属偶遇吧……"

我只能这么回答。

"原来你在玩冲浪啊!我之前一点儿都不知道哦!"我紧接着说道。

"嗯……这个……"

澄田花苗两手交叉置于胸前,显得十分难耐,看来我的出现对于她来说很不是时候。

她像是下定了什么决心般冲我走来,并且在我身旁的沙地上与我并排坐在了一起。

"这完全算不上什么冲浪,我也是刚学不久。"

澄田低头说道。

她之所以与我并排而坐,也许是不想让我看见她身穿紧身简易潜水服的样子吧。我下意识地调整了一下坐姿,将目光放在了拍打海岸的白色浪花上。可是,澄田那双超乎想象的修长的细腿却在一定时间内给我留下了深刻的印象。

"但是,现在的水温应该还很凉吧?放学后你就立马过来这边练习,真是太强悍了!"

"嗯……"

"你该不会每天都来练习吧?"

"我没有每天都练习,而且我一点也不厉害,一点也不。"

虽然在我看来她的行为已经很厉害了,但我并未继续多说什么。也许,在她心中有份特殊的坚持吧!也正因为这份坚持,才不希望这个话题被随便谈及吧。她此时的心情,我能理解。

"远野君也常常来这里吗?"

"我不常来,一共也就来过两三次而已。"

"这样啊!果然远野君有些奇怪……"

"我吗?为什么?"

"一个人来看大海,这可不是普通人会干的事哦!"

"是吗?"

"嗯!稍微有些奇怪。"

确实,我认为也许真是如此。毫无缘由地跑来海边发呆的习惯听上去确实很不现实。

可即便如此,当一个土生土长的本土女生评论自己很奇怪时,我有种自我意识被玩弄的感觉。想到这里,无处发泄的心情及被疏远排外的感觉同时向我袭来。说实话,这并不是什么舒服的感觉。

"冲浪这种运动还挺酷的。"

我在说这话的同时并没有丝毫想要奉承的意思,我只是把自己想说的话说出来罢了。

"是吗?你真是这么想的?"澄田将视线移向了我这边。

"嗯!甚至会骚动人心。虽然乘风破浪的感觉超级爽快,但面向波光粼粼的海面,向前滑行的感觉也很不赖。"

"啊!我也是这么想的!我也很喜欢面朝大海的感觉。"

"那是一种怎样的心情?"

"嗯——冲啊!是这种感觉吧?否则就是当下这种感觉……虽然我不知道该如何表述,但就是再接再厉即将成功之类的感觉吧……"

"想要抓住那一瞬的紧张感。"

"对!就是那种感觉!!"

澄田睁圆双眼,问道:

"远野君,为何你每次都能说出如此恰如其分的话语?"

"没有你说得那么厉害啦!"

"你要是平时也能多说些话就好了。"

"我在说啊,一直都在说。"

"是吗……但远野君给人的印象并非如此哦。即便跟朋友聊天,即便有自己想说的话,也感觉你只会说一半。"

"是吗……"

我转换了一个话题。

"喂!如果方便的话,我能再来旁观吗?"

"不行!"

澄田以压倒性的气势果断回答道。同时,身体甚至有些后仰。

"为什么?"

"因为我滑得很烂!"

"我感觉还好吧。"

"我跟远野君不一样。"

"有什么不一样?"

"很多地方,现在我很混乱,但这不是一个简单的事情。"

"嗯——"

我想,也许我跟澄田没有什么不同,只是,我不想认同自己正处于混乱状态而已,不想被认为正处于混乱状态而已。

随后,我邀请将海水渐渐晾干的澄田一起前往便利店。

她回复说:

"欸……可以吗?"

在我看来,这简直就是让人捉摸不透的回答。因为我才是发出邀请的主体,所以按理说根本不存在行或不行这一说嘛。

紧接着,澄田说让我先稍微等一下,她马上就准备好。话音刚落,她就钻进了长有浓密的灌木的海岸林中。

话说回来,澄田是怎么来到这里的呢?徒步应该不大可能,难不成是坐车来的?

正当我提出各种猜测之时,澄田却基本上没怎么让我久等,她快速地从茂密的灌木丛深处推出她的Cub。而且,学校的水手服已换上身,肩膀上还披着一条浴巾。

原来她在那种地方换衣服啊!我既有些吃惊,又有些钦佩。

不愧是在南方岛屿上长大的女生。换作东京女生的话,这种事连想都不会想。

我觉得澄田花苗身上的这种自然美及野性美十分耀眼。

我脚踩自行车,她骑着Cub,我们一同前往附近的I-SHOP。I-SHOP是鹿儿岛的一家地方便利连锁店,从中山海岸到南种子镇,道路两旁像样的店铺唯有这家,不过我认为便利店很好,让人既安心又不会过于拘谨,比较容易放轻松。

我拼尽全力地蹬着自行车,而她则减速缓缓行驶,我们一直保持着几乎同等的速度。可在到达目的地时,我依然累得气喘吁吁。

我们买好饮料,并排坐在店门口已经褪色的长椅上开始闲聊。刚刚开始的高中课程、老师的人品等,诸如此类我们聊了很多很多。

澄田还十分热心地推荐我骑原付上学。但是,那时的我仍然比较拘泥于骑自行车上学,所以表面上我逞强地回复说没有必要,内心实则期盼着能尽早拥有一辆自己的原付⋯⋯我的观念开始动摇了。

不过,比这更能触动我内心的是她在海岸旁说的话。

她说我即便有自己想说的话,也只会说一半。

我觉得这句话非常精准地射中了我的要害。

我或许确实持有这种奇怪的自我意识，想说却没有言明的态度也许确实常常存在。

然而，被澄田这种在学校不太显眼的，并且跟自己没有太多交集的女生一针见血地评论不是，让我倍感冲击。

同时，以此为契机，澄田在我心中的地位也稍稍发生了些许变化。

那日之后，我和澄田花苗之间也亲近了不少。

如若在学校的走廊上遇见，我们都会以抬手或互相对视的方式打招呼问候。要是双方身旁都没有其他朋友的话，我们会停下脚步稍微小聊几句。

还有几次我们会稍稍配合对方的放学时间，骑 Cub 一起回家。总而言之……我们的关系仅限于此。

跟我聊天的澄田看上去总是有些紧张。

因为我偶尔会在学校看见她非常愉悦地跟朋友聊天，那时的她是那么轻松欢快，虽然我认为那样的她才极具魅力，可一到我跟前，总感觉气氛有些僵硬。不过话虽如此，我完全没有讨厌她的意思。

换言之……虽然这么说会摆脱不了自我陶醉的嫌疑，但她也许是喜欢上我了吧。

她每次见到我都会绽放花儿般的笑容，这也在无形中印证了我的推测。

但我更倾向于不让任何特别的事情发生在自己身上。所以，我只好假装什么都不知道，然后索性将问题全部向后推。

即便如此，但我仍然对她抱有一丝朴素的好感。我觉得她的气场很好，她周边飘散的空气感夺走了我身上仅剩的气力。

这真是一种久违的感触。

拥有一个可以亲切地聊天的异性朋友果然感觉很好。每次见到她，我那紧张的神经便可得以舒展。

反之，澄田让我深切地了解到自己平时的生活有多紧张。

只要有她在，我就能稍微感到些许安心。

父亲的工作进行得十分顺利，或许应该不会再调动到其他地方去了。也就是说，他很有可能会在这个岛上工作到退休。

不管是否愿意，我都要在这里扎根生存。

我突然有了这一感想。

因此，我也要慢慢固定下来了。

因为长期过着转校的生活，无论到哪儿都无法真正扎根生活，所以我渐渐地萌生了所有地方都只是暂时居住的场所的想法。

就连这片土地也不例外，我重复着以往每次搬家后的一言一行。

但是，我的这一基本世界观竟然发生了偏差。

"我想去哪里？"

当我独自一人时，我常常会无意识地嘟哝这句话，等我回过神来发现自己的这一行为时，我自己都会十分愕然。

在父母工作经常调动的环境下长大懂事的我竟然会对这样的事情持以盼望。

对我来说，所谓的搬家就是住所的移动，是外因，是迫不得已的事情，所以，在这件事上不应该存有任何自发的愿望。然而，我内心堆积起来的意念正在无视我的意志，并擅自引导着我的想法。面对这种从未经历过的体验，我只能以放弃的心情去默认接受。

这到底是怎么了？

也许，我是在焦虑。

对渐渐安定于此的自己。

就这件事情，我考虑了很久。并不是针对那一引导我的想法的情感，而是针对我自身的欲求。

"想去哪里？"这句话中包含了"想回到哪里？"的纤细之情。

可是，我该去哪儿呢？对我来说，故乡这种地方是不存在的。对任何地方，我都没有什么太过特别的感觉，因为我从未在一个地方扎根生活过。

我到底想回到哪里？

我到底应该让自己置身于何处？

这时的我想起了时隔许久的明里。但是，我从未想过那个没有明里的小镇会是自己的归处。

之后，我梦见了那个梦境。

9

天空的颜色并不均匀，明显不属于地球的昏暗的天空上有十分可疑的不确定的光点在闪烁。与褐色相近的深蓝色的天空中飘浮着气团星云，看上去就像洗了绘画工具的池水般，呈现出紫红色及浅蓝色的条纹。

远处浓腻的白色云彩正在借风飞行，它正在渐渐接近那片类似星云的东西。镶嵌在天空中的繁星若隐若现，有些星星甚至感觉就在眼前，非常闪亮，其散发出的光芒以十字的形式渗透至星空。形如飞机云的细细的云彩一边画着螺旋状，一边屹立于天际之中。

在那片宽广的天空的下方，有两只小鸟横向飞过。

那团流逝于深蓝色天空中的类似于气团星云模样的东西从天顶落到了其下方接近水平线的地方。靠近地平线的天空的颜色变得有些浅淡。也可以这么说，天空自上而下的颜色从深蓝色变成了蓝色，再从蓝色变成了与珊瑚礁海域相似的绿色。

光线从地平线以下慢慢渗透。

一点一点，却很真切。

深夜被浅浅的绿色势力所包围侵蚀，而这些变化全都在一种温柔的气氛下进行。温柔的黑暗中，温柔的光线渐渐渗透出来。

触手可及的云彩飞走了。

耳边传来风的声音。

覆盖整座山丘的绿色的野草发出波浪般的声音。

没错，这里位于山丘之上。

这里可以看见最为广袤的天空，这里可以看见最为遥远的地平线。

也许这里就是世界的中心，这里没有任何一件人工雕琢的东西。

然而，这里的一切是如此令人满足。

踏着柔软的草地，两个人影并排行走着。

登上山丘。

两个人中的一人是自己。

另一人是个女生。

脚踏草地的足音。

登上高坡后，我们停下了脚步。

少女弯腰坐在草地上。

周围绽放着白色的花朵。

形似蜻蜓的虫子一边飞行一边发出振动翅膀的声音。

透明的绿色之光将我和她围绕。

我俩就在山丘之上遥望天空。

遥远的浅绿色的天空。

风依旧猛烈地吹拂着，野草、树叶以及她的头发随风飘扬。

我们看到了一个被推出地平线的苍白色的完整的巨大圆球。

要称呼其为月亮的话实在显得过于巨大，我甚至可以感受到它强大的引力，如此巨大的星球实际上根本不是月亮吧？

我知道这是二重感星，我和她就站在手拉着手相互围绕彼此旋转的双子星之上。我们观望着这对宿命的星体，在安稳的黎明之光中如何呈现出自己的全貌。

接着——太阳出来了。

苍白色星星的正下方出现了一道白色的光线，这只是从地平线处渗透出来的一块鳞片大小的光亮，但它却在渐渐变大，给这个原本非常安稳的世界投下了一束强烈且过剩的光辉。

这束压倒性的光辉覆盖了整个苍白色的星球，天空中的繁星也失去了踪影。

夜色也跟着消失殆尽。

现在，只能看见放射状的光线。

太阳悄无声息地升上了天空。

随着太阳的升起，阳光照亮了地面，身影从我们的面前延伸至身后。

草木被阳光润泽，进而被染上了浓郁的颜色。

在低空飘浮的细长的云彩则沐浴在从上方照射下来的光线中，并不断地投影于空中。

瞬间，眼前出现了一道完美的幻日环。

因为阳光太过耀眼，我移开了视线。

紧接着，我的目光落在了她的身上。

强风吹过，她的秀发凌乱地飘散着，并拍打着我的肌肤，让我找回了触感。

她依然注视着行星与太阳的完美二重奏。

太阳照射在站立着的我的脸上，感觉有些温热，可坐在地上的她仍旧处在阴影当中。

我看不清楚那张脸。

白色的太阳突然燃烧得通红，晕染出一道火焰般的橙色光芒。火焰之下的所有风景却在渐渐扭曲、飘散。

扭曲的同时，有一群鸟儿飞过。

而我已经无法分辨此时此刻到底是清晨还是黄昏。

醒来时，我发现自己就在家里的房间内。朝阳透过薄薄的窗帘，从窗户外照射进来。

洗完脸我换上了学校的制服，然后空腹骑上了我的原付。此时，学校空无一人。我来到弓道场，打开射箭场的百叶窗，取出我的肥厚的苏山炭弓及硬铝箭，从左侧进入场地，站在射击的位置上。这时，太阳的光线已经照射到脚边。虽然种子岛上升起的朝阳的光线也很赤红,但与我梦境里的光线相比,依然显得十分淡薄。

梦到那个梦境的当日清晨,明明不是晨练的日子,而我却来到了弓道场练习射箭。

也许我只是不想日常的声音、气味及气氛与梦境中的印象相互混杂。

第一次做那个梦是何时?我自己也不太清楚。但当我察觉时,那个梦就已然被我认定为是"时常做的那个梦"。

这是一个脱离地球且与一个无法辨认模样的女生走在一起的梦境。分明梦中的景象犹如绘画般清晰,可少女的印象却意外地模糊。我完全没有看清她的身姿,残留下来的只有一个存在感而已。

我想,梦中景色的原型应该是种子岛,那个广阔的山丘也许就存在于岛上的某个角落。

然而,恐怕我这辈子也无法用肉眼目睹那个二重感星及扭曲的太阳吧。

我之所以会做那样的梦,到底是被什么东西给影响了?

在那个风景中,我感觉非常满足。

在那个场所里,有我追求的一切。那似乎就是我想要的且绝对无以言表的世界,我通过想象生硬地将其雕刻出来了。

倘若能去那个地方的话……

即便抛弃所有我也在所不惜。

包括父母、朋友、归宿、未来，我可以为之舍弃一切。

我爱那个地方。

我爱充斥于那个地方的所有。

当我醒来，被拽回现实时，全身都笼罩在一种不完整的感觉中。

我直接对着水龙头，一口气喝了很多水。

喝到再也喝不下去的时候，我才察觉喉咙深处的感触并不是肉体一直渴望的对象。

我应该是个欠缺了某种重要之物的人吧！

然而，那个梦境恰巧填充了这块缺陷。那个梦境指示出来的东西正是我自身不为所知但却在逼迫我四处寻找的东西。所以，如不将这个东西搜寻出来紧握在手的话，我将永远无法迎来舒适充足的清晨。

直到握力下降，手臂颤抖，我依然坚持进行弓箭练习。之后，我掏出手机，打开邮件。不知何时，为了不遗忘梦境，我养成了用手机作记录的习惯。

粘在空中的星云，美到不够自然的淡绿色的低空，以及一直都在我身旁传递体温的只剩依稀印象的少女。

从开始到结束，将所有情景编辑成文字后，我突然极其自然地加了这么一句：

"你是谁？"

这一瞬，我意识到这是为了传达给谁而写下的记录。

我想将某些内容传达给某个人。

我终于明白，原来这一强烈的欲求一直潜藏在我的内心深处。

我想向谁传达些许什么。

而这些想要传达的内容一定是除了这个人之外再无人可以明白的东西。

这都是些多么愚蠢的话啊！

我到底想传达给谁？我到底想传达些什么？就连我自己也不清楚。这些东西是如此虚无缥缈，就像很多次睡醒后被遗忘的梦境的聚集体，它们存在于意识的另一端。

与往常一样，输入完毕后我会将手机置于手心把玩，然后摁住取消键，删掉刚才键入的记录。

虽然我很想念筱原明里，但仅限于想念而已。我的眼前是现实的日常生活，我有很多必须去处理的事情。她在我的心中，早已成为过去式，而且，这样的想法很容易即可确立。

我拼尽全力地度过当下的每一天，所以，我根本没有多余的精力去回首那些曾经的过往。

但是，我常常会感觉到人体的气息以及进入我视野内的人影，这时，我会停下脚步。

我感觉似乎有谁的身影、谁的气息正在稍远的地方望着我。

然而，仔细确认的话又会发现四周其实空无一人。当我突然回头注视没有任何物体的后方时,身旁的澄田花苗则会露出诧异的表情。

人影这种表达方式并不准确,因为那几乎就是一种类似于气息的东西。

不过,这种气息于我来说却是一种温暖的东西,我似乎只能明确这一点。

总体上来说,我是一个善良的人,人际关系打理得也很恰当,因此,我过着别人认为还算舒适的日子。

但是,我与周围的环境之间往往隔有一层类似薄膜的东西。借助这层薄膜,我与周围环境之间建筑起了平等友好的关系。

也许除了澄田之外,谁也没有察觉到这份扭曲。在这层微薄的误差之间,有谁的身影被投影了上去。我不清楚那个人到底是谁,就连是否有想要传达的信息我也无法确定。

你是谁?

在自己独处之时,我常常会向那个投影在扭曲世界的身影发问。看来,我真是个阴暗的人啊!

8

虽然历经了各种曲折,但入手原付这件事确实是件正确的事。

有了原付，我便可将整个岛屿纳入行动的范围。最重要的是，我还可以随着自己的心情前往岛屿北部的西之表市。西之表市是这座岛上最发达的地方，如买除生活必需品以外的东西，岛民通常只能去那里购买。即便要去鹿儿岛市，也必须从西之表港出发。

我的生活范围顿时扩大不少。

这也给我的意识带来了些许变化。

所谓触手可及的范围变得宽广了，也就是说伸手即可触摸抓住的东西有所增加，这与自己的手臂伸长实则是一个意思。

换言之，当自己变得更为强大时，这双手能够把握的自由也会随之增多。

当下我拥有的就是这种感觉。

我曾花费周日一整天的时间围绕岛屿游玩了一圈，虽然几年前依靠自行车也做过同样的事情，但感触却截然不同。

骑自行车游玩时，我必须在出行前仔细确认骑行路线。但现如今，我可按照自己的心情随意选择路线，所有想去的地方皆可轻松抵达。

这点便利最大限度地提高了我出行的积极性。

接下来，应该就是汽车了吧！

之所以会产生这样的想法，我认为非常自然。

紧接着我又会进入下一个阶段。如此一来，我的支配权即可不断增加了吧！这个预感令我兴奋不已。

但是，无论摩托车还是汽车，都无法跑出这个岛屿……

梦想总会在这里停留。

心情抑郁时，我常常会骑着 Cub 将广田遗址到宇宙中心的这段沿海悬崖道跑一遍。海风轻轻地抚摸着我的身体，让我倍感舒心。夹杂着海水的空气也十分清爽。

这是一条起伏不平的道路，中途还有数个急转弯，汽车几乎无法从这里通过。如果这里是关东圈的话，想必那些跑步爱好者一定会把这里当成赛道。

上坡时，如不给 Cub 加点油门则会感觉有些吃力。然而，一边望着视野左侧的大海，一边沿着弯曲的道路一路向前，你会有种身心负荷都抛之脑后的爽快感。

倘若累了，你可以倚着沿悬崖而建的栅栏休息片刻，亦可以躺在草地上打滚。

尽量放慢呼吸，如能保持这种状态并且持续一小时的话，就会产生一种内心与其他频道相连接的错觉。

在这座岛上，我知道好几个像这样可以独处的地方。

在去这些地方的其中一处时，我偶然间遇到了澄田花苗。

那是什么时候的事呢？那时澄田已经从单人板升级到了真正的冲浪板，也就是说她已经开始尝试站在海浪之上动真格地玩冲浪运动了，因此那应该是高二夏天以后的事。

这儿的人口密度较低,并且我前去游玩的地方都是一些人烟稀少的偏僻之所。所以,在学校以外的地方偶然相遇真是件罕事。

我骑坐在原付之上,奔驰于从南种子中心街向南的一条细长小道间,只见一辆似曾相识的 Cub 停靠在路旁,这正是澄田的摩托车。

即便是同型号的 Cub,每辆车的污渍程度及使用痕迹都会存在些许微妙的差别,因此凭借这点分辨车主还是比较容易的。

因为没有看见车主的身影,所以我本能地向四周望了望。

由于我常常放空行驶,因此我一直没注意这是在一座小学的前方。不过,这儿竟没有小孩们的身影,就连童声也没有。钢筋混凝土筑成的两层校舍已是伤痕累累。

(这是一所废弃的学校?……)

我翻过铁质的校门,侵入操场。

澄田立马跃入我的视线。只见她坐在操场角落的木质长椅上,两腿放直,正在发呆。

"远野君……"

澄田察觉到了我,但她依旧保持着放空的表情。她的反应竟是如此平淡,这反倒让我有些吃惊。

"你竟然在这样一个奇怪的地方。"

我一边慢慢走近,一边搭讪道。

"嗯!偶尔累了的话,我就会来这里。"

我想，她的行为跟我还蛮像的。

我非常理解她说的话。是吗？原来她此时很疲惫啊！

我的第一反应便是她太可怜了，要是像她这样的女生也会感觉疲倦的话，那定然是发生了一些异常的事情吧。

"远野君，这里是我曾经就读的小学。"她突然说道。

"啊！原来如此啊！"

"现在已经荒废了。"

"看上去确实如此。"

我再次将目光移向了校舍。混凝土的外壁上涂抹着深红色的油漆，但已褪色的墙壁显得十分粗糙。

"远野君见过的学校校舍应该都不是这种混凝土直接裸露在外的校舍吧？"

"嗯，的确没有见过这样的校舍。"

"因为这里经常刮台风，所以无论是抹石灰还是贴瓷砖都很危险。所以索性就直接在混凝土上刷油漆了。正因如此……被废弃后才显得更孤寂。"

虽然时常耳闻因人口过疏化政府提倡统合政策，小学开始逐渐减少，但这与初中才转校过来的我没有太大关联。

然而，在听到无精打采的澄田静静地述说完这番话时，我才突然有了深切的体会。

我以非常直接的方式将自己想到的话语说了出来。

"孤寂?"

"嗯!"

澄田坦率地点了点头。

"从七岁开始,我在这里度过了六年的时光,这里留有我太多的回忆。而当充满回忆的地方开始慢慢消失时,多少都会有些孤寂吧!"

"这样啊!"

我细声细语地说完后,紧接着极其自然地说出了一句就连自己也难以置信的话。

"真好啊……"

"为什么?"她反问道。

"因为我从未有过这样的感慨,我一直都处于不断的转校状态。仔细想来,我竟然没有一处留有回忆的地方。"

"远野君不是想回东京吗?"

"为什么这么说?"

"因为你给我的感觉就是如此,而且,我也听到过相关传闻。"

"其实我对东京也没有什么太过特别的感想。"

"可是,你的志愿是东京大学吧?"

"那只是随便写写了,因为无论去往何处,在这个国家最终都会会聚到东京。不是有这样一句话吗,如果迷茫,那就待在靠近中心的地方。我也只是这样想想而已。"

"这样啊……你的想法还蛮明确的呢……"

"这可以说是明确吗？"

这之后，澄田开始拨弄自己的手指。也许，在思考问题的时候，为了记住时间的流逝必须下意识地做出某些举动吧。

"喂！如果想跟你一样做出选择的话该怎么做呢？"

"跟我一样？"

"我其实什么也选择不了。"

"我觉得你有做出选择啊，例如冲浪。"

"那只是因为姐姐在玩，我跟着她学学罢了。其实我是个对自己想做什么、想去哪里没有任何概念的人……"

"也就是说你不知道自己想去哪所大学？"

"当然这也是其中之一……"

"那就是更为整体些的事情？"

"嗯，我想是这样。所以，我十分焦虑。"

"焦虑？"

"……害怕。"

"害怕？"

"……因为我不知道自己想要什么，所以迟迟无法下定决心去抉择。另外，看到别人都已经做出了选择，所以……"

"啊啊……"

总算明白了,原来如此啊。

对因无从选择而倍感恐惧的心理现象我深有同感,因此我可以理解她的感受。

之所以会无从选择,主要还是因为不了解自己到底想做什么,想成为一个怎样的人。

对自己来说,真正重要的东西是什么?不想放弃的东西是什么?无论如何都想得到的东西又是什么?

正因为不了解这些事情,才会出现找不到方向的情况。

明明其他人都已经爽快地做出了抉择,为何自己却无法决定呢?

如果用一个比较陈腐的说法来解释的话,那就是"没有一个类似梦想的梦想"。

这一状况让澄田花苗焦躁不安。

而我能够体会这份焦躁。

也许我正是为了逃避这份恐惧,才匆匆忙忙地做出了抉择。

她身旁那些"非常爽快地做出抉择的人"或许亦是如此。

(仔细想来,不知道自己到底想要什么的现象其实并不奇怪。)

突然,我有了这样的想法。

也许我只是不想承认罢了。

也许我只是被周围的气氛以及媒体之类的东西给影响了。

我们周围……其实可以称其为社会，周围的气氛一直在告诫自己"人必须持有梦想"。电视、杂志、流行也都一直天真无邪地教育人们"实现梦想其实是件非常美好的事情"。

大家都坚信，有目标的人才是无条件必须尊重的人。

而这种坚信让澄田花苗苦恼不堪。

澄田说："冲浪这件事呢，说到底也只是因为身旁只有这件事。也就是说，我当时是想无论什么事都尝试着做做看，因为或许它会改变自己，所以我就拜托姐姐教我冲浪了。"

"嗯。"

"但是，果然还是不行啊！迄今为止，我仍然无法站立在板子上。应该是我自己太要强了，毕竟做什么事都是需要天赋的。其实，我可以尝试的事情并不仅限于冲浪，所以我在考虑是不是就此放弃会更好些……"

"我觉得还是不要放弃的好。"

我打断她的话后果断地说道。

"欸？"

澄田就像刚睡醒般站起身来，然后注视着我。

"目的地不明确并不代表哪儿都不能去，同理，即便自己没有进步的实感也并不代表确实没有任何进步。"

"欸？欸？"

澄田露出一副茫然的表情。

"只要持之以恒,就一定可以达到某个水准。在我看来,无论水准高低,'坚持不懈一路走来'的历程亦是一种成果。即便没有达到预想的水准,但一步一步脚踏实地走到现在的过程本身就是'一种收获'。就拿那边的宝满池来说吧,就是那个赤米社的池子。"

"欸?嗯。你是说宝满神社的那个水池吧。"

那是种子岛经典观光景点之一,人们常常在那里祭祀稻米女神。那座神社的旁边有一洼巨大的淡水池。

"潜入那个水池后,你知道池底深处与马立海岸的岩洞是相连的吗?"

"欸?不是吧?!它们是相连的吗?"

"其实没有相连,只是传说而已,是人们想象出来的。"

"呃!啊啊!真是吃惊,远野君竟然连这种事情也知道啊?"

"其实我想说的是,跟这个例子一样,很多事情都有我们无法想象的一面。所以,唯有亲身经历过才能判断结果是否正确。为此,我们首先应该将手头正在实施的事情继续下去,其次确立决不放弃的信念即可。轻言放弃的话,那你只能原地踏步。"

澄田沉默了很久。

"这还是第一次看远野君一口气说这么多话。"

接着,我说了一些题外话。

"我也没有太过沉默寡言吧?!如果有想说的话,我还是会很乐意说的。"我说。

澄田对于我的回复并没有给予肯定或否定,如果是这么简单便可转换过来的事情压根也不必如此苦恼了吧。

"我还是第一次听到那个传说,为什么作为本地人的我竟然还没有远野君知道得多呢?"

其实,正因为是本地人所以才会不了解,因为本地人不会去本地的观光景点游玩。不过,虽然我内心是这么想的,但我并未说出口。

我对澄田花苗开始有了一种类似于强烈的共鸣的感觉,包括她的不安及恐惧。

当今,盲目抬举梦想、希望、目标之类的东西的人实在是太多了。

打听别人"你的梦想是什么"的人也很多。

面对这样的人,我不会做任何回复。

同时,我也不希望被问及这样的问题。

很多人在问这类问题时并没有设身处地地考虑过对方的感受,他们的迟钝已经到了不可思议的地步。

为何无法明确漠然存在的东西?

为何要用语言来贬低那些无形的重要之物?

一定是因为他们不知道那是美好的东西。

真正有价值的东西是无法维持具体形态的。

诸如此类，我的脑子里开始滋生起了这种带有攻击性的想法。

我为自己说的话渐渐变得不安。

那些令自己会产生致命性危机的话语我不是一直都缄口不提的吗？

只要持之以恒，就一定可以达到某个水准？

难道我就没有轻而易举地放弃过什么吗？

要是穿过深水底下的隧道，真能到达另外一个全新的地方的话那该多好啊！

即便到达不了自己期许的地方也无妨？

我真的相信这些吗？

我到底要选择什么？

什么也没有。

从一开始我就知道，已经没有任何东西值得我去选择了。

"我是个很依赖姐姐的人……"澄田说，"在放空时，我会感觉一切的一切都与姐姐一模一样。"

"一模一样不好吗？"

"我想应该是不太好的吧！我总感觉这是自己极其不乐意的事情，比如常常会被人拿来对比之类的。"

"因为我是独生子，所以我不太理解这种感受。"

"虽然我很喜欢姐姐，但不管怎样还是会感觉到各种压力。她考上福大后拿到了教师资格证,然后又毅然决然地回到了这里教书。有这样的人在身旁,想没有压力都难啊!即便在学校,也是抬头不见低头见。"

我想,她姐姐应该是澄田美穗吧……

澄田老师是在我们升入高中时新来赴任的教师。

"远野君,关于姐姐的事暂且请你先帮忙保密,之前你也不知道我跟澄田老师的关系吧?"

虽然澄田花苗是这么认为的,但其实我早就知道了她们的关系,因为我曾经以个人身份跟澄田老师交谈过几次。

7

那是某日傍晚,当时我还只是一个刚刚入学的高一学生,在放学回家的农道上,四周空无一人,我的 Cub 突然熄火了。

我蹬了好几次起动装置,但引擎并未发动起来,甚至连喷气的迹象也没有。

这里距家还有很长一段路程,周围已渐渐暗下来,正当我不知所措时,一辆从身旁路过的旧式两厢小货车停了下来,紧接着,从驾驶座上下来一位年轻女性。

"怎么了？"那位女性问道。

"中途罢工了。"

"噢——嗯，是辆新车哦！"

小货车女性围着 Cub 转了一圈。

"是不是没油了？"

她问道。她的说话方式非常爽快，毫无修饰。

"大家都太过相信 Cub 的省油性了。话说回来，第一次骑摩托车的你定然也无法准确地把握加油的时间吧？这种事很正常，我带你去趟加油站，你去买点油就可以了。"

"非常感谢！但是不是给您添麻烦了？"说到这里，我认出了对方的真实身份，"澄田老师！"

"你果然是我们学校的学生啊！还好是我路过，带了钱吗？"

"嗯，带了些。"

在我坐上助手席的同时，澄田老师没有做任何确认便踩下了油门。车灯帮助货车驱散黑暗，车子在农道上驰骋。车内的立体声音响正在播放 LINDBERG 乐队的 *BELIEVE IN LOVE*。

"这首曲子真是令人难以忘怀。"我说。

"嗯？还好吧，这是我那个时代的产物哦！"澄田老师有些不解地回复道，"但是你听了会难以忘怀？"

"嗯嗯，我有这种感觉。"

"提起高中时候的事情,我也还有些印象。我们常常会对一些没有太大意义的事情表示怀念,难道不是吗?"

"也许真是如此。有段时间,我家曾住在接有有线的公寓里,我记得某天电视里放了这首歌,而这首歌与当时在阳台上看到的景色十分般配。"

"你住的那个地方在哪儿?"

"东京之类的……总之住过很多地方。"

"啊啊!越发难以理解了。"澄田老师用指甲挠了挠方向盘的表面,"不久前,我还能依靠口音来辨别是本地学生还是外来学生,但现在大家的口音都不太重了。"

我们在加油站借用了一个装汽油的便携罐,将其装满后,澄田老师把我送回了 Cub 罢工的地方。

"这附近没有什么近路,所以你沿着这条道慢慢骑回去吧!"

她将头伸出车窗,说完这句话后又将头转向了前方,紧接着,她连招呼也没打就很爽快地发动货车后呼啸离开了。看来她是一个抓紧时间做事的人。最后,就连摩托车罢工的真正原因也没有给予任何确认。

我打开油箱,将汽油倒入箱内,然后蹬了一下 Cub 的引擎。

摩托车立即发动了。

几个月后的一个周日,我再次遇到了澄田老师。那日恰逢我去西之表镇买东西,然后顺道去了家现做现卖的汉堡店吃饭。这时,突然有个人冒冒失失地走进了铺有木地板的店内，她一边呼喊着我的名字，一边在对面的椅子上坐了下来。这个人就是澄田老师。

"您难道是在做岛内巡回吗？还是辅导？"

在出于礼貌性地跟她打招呼时，我心里暗想真是遇到了一个麻烦的人。

"怎么可能呢？！学校给我开的薪水可不包括周日巡回或辅导这种事。"

她一边向店员点了杯咖啡，一边用非常随性的语气回复道。

"我就是路过时正好看到你了，觉得这是个好时机，所以就进来看看你。"

"看我？"

"对呀！"

"为什么？"

"你觉得是为什么？"

思考了五秒钟后，我想起了一件事。

"难道说您跟澄田花苗是亲戚？"

"好快！你猜得太快了！"

"欸？真是这样？"其实我心里十分诧异。

"我们不仅是亲戚，还是姐妹哦！附近有很多姓澄田的人家，所以我还以为你会猜不出来呢。"

其实她说的一点儿也没错。迄今为止,我从未将澄田花苗与澄田老师联想到一起。通常说来,学生的亲戚一般都不会在同一所学校任职。出于对这一常识的考量,我并没有将她们联系到一起。

"在公立学校这种情况挺罕见的吧?"

"嗯,可能是地域的关系吧!这座岛上的高中原本为数就不多。要是在本土的话,我肯定就转到其他学校去了。所以我只能暂且隐瞒我们的姐妹关系,不过要是有人察觉到了的话,我也不会否认。"

我非常谨慎地试探了一下她。

"难道您对我存有误会……"

"没有任何误会啦!这点请你放心。"澄田的姐姐苦笑道,"其实是那孩子晚回家时,我看见有一个少年非常体贴地把她送了回来。我偷偷看了看那位少年的脸庞,结果发现很眼熟。"

"之后,我曾利用职权确认过这位少年的名字。"澄田的姐姐直言不讳地说道。

"后来我想起来了,两三年前我从大学毕业归来时,那孩子跟我提起过有同学从东京转校过来,如此一来,所有的事情都能连贯在一起了。原来如此啊,我不禁为自己的联想及理解能力感到自豪。"

看来她果然还是对我存有误会吧!虽然我的心中有些纠结,但我并没有说出口。

当时,我猜测她一定会以我为中心交谈一些诸如我的家庭如何如何的话题，想到这里，狭隘恐怖的人际关系让我冷汗直流。

"然后呢，见过面后您能接受了吗？"

"其实我接不接受并没有太大关系，我只是有点好奇而已。"

"那，我可以问您几个问题吗？"

"可以呀！你想问什么？"

"要怎样才能当上学校的老师呢？"

"上大学并学习教职的课程，如果起初就决定以此为目标的话，那可直接选择教育系。最近不是研究生通常都很难被采用，另外，在哪所大学接受教育也非常重要。详细情况你可以去问你的升学指导老师，难道你想做老师？"

"我应该不会做。"

"那，为什么问我这个呢？"

"嗯，就当是参考信息吧！"

说到这里，澄田的姐姐微微缩了缩头。也许，她是想远距离地观察一下我吧。

"其实你想问其他事情吧？"

高中三年内，我一直不知该如何应付这个人，但此时我下定了决心。

这个人是我迄今为止见过的所有人中最为棘手的一个人，而且，像这样一眼被人看穿的滋味真心不好受。

"您是在福冈上的大学吧？可为什么又要回到这里呢？"

我发问道。其实，我原本就是想问这个问题。

"起初，您就打算在岛内就职吗？"

"我从未考虑过这样的事，确切说来，应该是顺其自然的结果吧！虽然当时也有可能在九州就职。"

"那那种可能性为何消失了呢？"

澄田的姐姐稍稍思索了一下，静静地回道。

"因为恋爱结束了，要不是因为这个，我应该是不会回来的。"

我半张着嘴，沉默不语。

一般说来，这种事情是不会轻易告诉我这个不太重要且年幼无知的学生吧？对此，我深表讶异。与此同时，我又在揣度她是否另有意图，总之，我相当困惑。

"也许是因为音乐性不一致的缘故吧。"

澄田的姐姐在说这句话时似乎并不那么心平气和，但语气依然一如既往。

"总之就是没有前途吧！只顾及眼前的行为果然很差劲。而且，再那样下去的话也不会有什么好结果。当时，我既没有生活上的负担，也不知道该把眼下的生活带向何方。"

澄田的姐姐将她所有的过往一字不漏地告诉了我这个乡村男高中生，也许，她是因为感悟到了我的困惑吧。

"但是，即便跟你说这些，你也没有太大实感吧？"

"这就像相对驶来的电车擦肩而过的感觉……"

我也不知道自己为何会想到这一场景,总之这句话就这样突兀地扔出来了。

"相对驶来的电车?"

"换言之,就像相对行驶在复线铁路上的两辆电车,虽然有一瞬两辆电车会完全重合在一起,但也仅限那一瞬那一处而已……这种现象是不可能迁移到其他地方去的……"

澄田的姐姐用稍带惊异的眼神望着我。

"……这个,其实我也说不太好。"

"远野君,难道你是个爱看书的人?"

"我并没有看过太多。"

"我说的话也许跟你不太一样,但你能说出如此惊人的比喻,真是太奇特了!甚至让人有些害怕!!还好在班上你没有被同学孤立。"

"我有被孤立啊!"

"不,你没有!这点我还是很清楚的。"

"我可以继续提问吗?"

"可以啊!请问吧!"

"您之所以放弃其他地方,选择在这个小岛上就职仅仅是因为这是你住习惯了的地方吗?或者说,这里有其他地方所不具备的东西?"

……我想,我期待的应该是她肯定的回答吧!

"去哪里其实都一样的说法应该只是为了让自己能够接受吧！"

澄田的姐姐这样回答道。

"去其他地方即可遇到其他的事情，这基本上就是幻想。我不仅明白这个道理，也一直都在确认这个事实。尽管高中时，我也想尽早离开这个岛屿。"

"而且冲浪在这里也可以完成呀！"她看上去似乎十分欣喜。随后，她又嘟哝道，"这些事本不应该告诉一个前途无量的高中生。"

"你想玩冲浪吗？想玩的话我可以教你。"

"不巧的是，我已经参加了社团活动。"

"对了！好像是弓道部对吗？"

"连这种事情你也调查了啊？"

"可是，"澄田的姐姐若无其事且干脆直接地指出，"问了半天，你竟没有问关于花苗的事情。"

接着，她将已经冷却的咖啡一饮而尽。"对了，有件事我要跟你说一下……"她开口道。

"我不会将今天的事情告诉澄田的。"在她还没来得及说出口之前，我这样补充了一句。

"你这一点反倒让人有些担心。"

澄田的姐姐说完后极其自然地拿起桌上的两张账单，当我意识到她要结账，并且连忙伸手去抢时，那两张纸已经被她捏在手里了。就在我难为情且不知所措之时,她已经结完账,以一副轻松自如的姿态离开了汉堡店。

我对她的最后一击很不服气,以至于事后一段时间一直沉浸在乌云密布的心情之中无法自拔。这也许是因为我的手臂比我期待的要短很多的缘故吧。

6

虽然发生了上面这些事情,但除此之外我的日子都很平静。接着,我升入了高三。

每日,我都会习惯性地先去进行弓箭晨练,然后再去上课、参加社团活动、回家,最后会在家中进行必要充分的学习。就这样,我安安静静地度过了两年多的时间,并迎来了十八岁的夏天。

清晨,当学校还空无一人的时候,我便会来到学校,打开弓道场的百叶窗,进行弓箭练习。

弓箭练习让我心情舒畅。

因为没有旁人观看,所以其实可以多准备几支箭玩射箭的游戏(而且这种游戏时下非常流行),但我向来从入场到退场一直都会按照规定好的动作进行练习。

其实，这种严格规定的形式非常有趣，非常令人不可思议。

我认为这是一种生物自行排除自身肉体不和谐且无意义之个性，将自己调整至最佳状态的行为，这种感觉就像削铅笔，把即将变钝的部位削成锐角。

如问有什么问题的话，那就是我的命中率，简直糟糕到了极点。同学常常称我是期望弓箭，换言之，就是迫切渴望命中的意思。但于我来说，这却是件无可奈何的事情。

清晨，当我独自在弓道场练习时，澄田花苗偶尔会过来观看。而就在我们闲聊之时，有好几次我都毫无防备地对她提起了那件事。

那个梦境，我断断续续梦见过数回。

在淡绿色草原上与少女一同前行的梦境。

不知为何，这个梦境每次都发生在夜晚。

我们行走在山丘之上。

双脚踏在柔软的地面上的感触，以及鞋子割断杂草的声音，所有的一切都是那么真实。

虫儿飞舞，微风吹拂。少女的秀发随风舞动，可能因为觉得飘散在脸颊旁的头发有些碍事，她轻轻地拨开了那几缕发丝。

眼前的景色是如此自然逼真，但我知道这里不是地球。

这里有我从未见过的星座、多得难以置信的繁星和近在眼前的太阳。

夜空中，紫色的气团星云仍在散发光芒，显得异常明亮。

当我醒来，才发现自己竟没有仔细确认少女的模样。在梦境中时，我们可以感受到彼此的呼吸，但我就是不知道她是谁。而且在梦里，对于不清楚她到底是谁这件事，我似乎没有持以任何疑问。

下床后，我走到书桌旁，拿起手机，打开邮件，将梦境里的一切编辑成了邮件。

将所有记住的场景输入手机后，我又删掉了那些文字。

"要删掉吗？"

手机对我发问道。瞬间，某种类似于祈祷般的情感从我心中流过。

尽管我摁下了删除键，但我认为我只是把这封邮件"送到了不是任何地方的地方"而已。

我或许是在期待着能通过某种超自然的回路，将其与某处相连在一起吧……

"远野君，练习结束了吗？"

社团活动结束后，我独自一人留下来练习拉弓，正当我走至停车场准备回家时，澄田花苗发出了声音。

"嗯，澄田你也结束了吗？"

"我去了海岸，刚搭姐姐的车回来。"

"你还真是挺努力的呢……"

"今天，澄田依然一心一意地与海浪搏斗啊！"我的语气中带有些许赞扬。

"欸？不是你想象的那样，那个已经……"

澄田害羞般地笑了笑。

"一起回家吗？"我问道。

"嗯！"

我们推出各自的 Cub，发动引擎后慢慢地驶出校门。住宅街道旁有一个消防局，住宅街在那里与国道相连。经过十字路口，便是通往南种子镇的生活道了。

当绿灯亮起，我和她一同驶往了旁边的辅路，然后我们绕道去了那家 I-SHOP。不知从何时起，每当我俩一起回家，我们都会习惯性地来这边买东西聊天。

澄田花苗蹲在饮料区的冰箱前，只见她一边用手指敲打玻璃门，一边仔细思考今天应该喝什么。

眼前她那纤细的肩膀、小巧的身体、细嫩的脖子，多多少少都吸引了我的目光。她毫无防备的样子甚至唤起了我心中的某一情感。

在我看来，犹豫只会浪费时间，不管喝什么饮料都无妨，所以我像往常一样选择了一袋 Daily（本地产饮料）咖啡。

"远野君，你又喝这个？"

"澄田你好像每次都会斟酌很久哦！"

"嗯，因为这是一件大事嘛！"

"我先出去喽!"

在收银台付完钱后,我走出了店门。

每次面对这样的小事以及果断抉择的远野,澄田或许都会因为自己的犹豫不决而倍感纠结吧!

但换个角度来说的话,我认为她的这个行为是在努力寻找对自己有价值的东西,而我却只是随波逐流。

因此,我觉得澄田花苗是个出色的人。

怜爱以及羡慕的情绪立即涌上心头。

走出店门,我在贴有冰激凌商标的长椅上坐了下来。当我将吸管插入纸袋时,澄田才刚付完钱跟我并排坐在了一起。

我感觉她离我很近。

她制服衬衣上的人工质感竟然可以磨蹭到我的手腕。

我已经很久没有感受过身旁之人的体温。

这种感觉几乎快要将我融化了。

突然,"梦境中的少女会不会就是澄田花苗呢?"的想法闪现了出来。

如果是这样的话……

那该多好啊!

从今往后,我是不是要一直在此停留?就自己而言,停留于此会是件有意义的事情吗?

好几次，我都想将这番话告诉澄田花苗。

我迫切渴望能有人理解自己内心特有的东西。

然而，每次当我打算说出来之时，却愕然发现自己竟然不知该如何措辞。

不管我怎么表达，似乎都会被一层薄薄的墙壁遮挡住。

剩下的只有凌乱不堪的思念，它们一直在我四周胡乱地反射。

在我与这个世界之间，仿佛隔着一条线。

澄田美穗，即澄田的姐姐，我依然疲于应对。

虽然我下意识地与她保持距离，但那之后，我还是非常不幸地跟她单独对话过一回。

升入高三后，大学升学指导的个人面谈进行得如火如荼。就在跟我面谈的那一天，恰巧班主任老师有急事无法出席，顶替他主持面谈的正是澄田的姐姐。

"我想去东京上大学。"

我漠然地说出了自己的志愿。

"你的意思是无论哪个区的大学，只要是东京都内的就可以是吗？"澄田的姐姐一边转动着手中的圆珠笔，一边向我提出恰如其分的问题，"目前你所考虑的只有地域，并非哪所大学或哪个专业学科，对吧？"

"倘若连想要去哪儿这种地域问题都无法明确的话，其他事情就更没法想象了。"我答道。

就我的学习成绩来说，想进入都内一所还不错的大学并非难事，所以关于升学的话题没一会儿工夫就结束了，我们进入了下一轮的闲谈。

"总之，我就是想离开这里，哪怕北海道也可以。"

等我回过神来，才发现自己居然说出了这样的话。

我想，这或许是因为之前见面聊天时澄田的姐姐太过坦率的缘故吧。

"其实，离开就是个经常发生的行为欲求。"

虽然说出口时我并没有多想，但说完后我顿时发觉这才是我真实的想法。

"欸？这样子啊……这是为何呢？"

"我也不知道……但这里的事物我已经完全熟悉了，所以我也许是想了解一些其他的事情吧……"

"嗯……我可以说些其他的事情吗？"澄田的姐姐将旋转中的圆珠笔搁在了桌子上，"像你这种铲雪车式的做法是绝对长久不了的哦！"

"铲雪车？"我立即发问道。铲雪车？

"你的做法与那个不是很相像吗？就是那种清扫铁路上堆积的残雪的柴油发动机车辆，黄色的，你应该在电视或其他地方看到过吧？"

"啊啊！那个啊……"

"我在给学生作大学升学指导时,常常会把眼前的孩子跟迄今为止我见过的一些人联系在一起。见到你之后,我想起了一位大学时代的前辈,虽然那是一位女性,但那个人不露声色地放弃了大学学业,直接去了加拿大。"

"加拿大。"

"然后,那个人前年在雪山上遇难去世了。"

"欸?"

虽然我是一个不太会将感情表露在外的人,但此时此刻我想我的表情应该充满了厌恶之情。

"您说这些话到底是什么意思?"

"最近我总算明白了,无从下手的学生有两种。"

澄田的姐姐对我的问题似乎持以无视的态度,她继续说道:

"一种是花苗那样的,即便放任不管也没有关系,所以管理起来会比较轻松。但是,像你这样的学生说不定有朝一日察觉到的时候就已经掉下悬崖了,因此很让人忧心。"

"我不会掉下悬崖的,我不是那种人。"

"仰望繁星向前行走是不行的哦!"澄田的姐姐一边目不转睛地注视着我,一边面带严肃地说道,"会死的哦!"

5

我走进了梦境。

少女与我一起登上山丘。

星光照耀,山丘的绿色显得极其温柔,我想,这是我最喜欢的颜色了!不管再浓些还是再淡些都无法打满分,这是完美的平衡。

我明明没有触碰到她,但我却能感受到她的体温。

在这个最爱的空间里,只有我和她两个人。

没错!

这就是所谓的完美。

眼前的一切就像是给完美这个概念赋予了有形的幻象一样。

在梦境中,完美是真实可见的。

我的手中握有完美。

我的愿望就是到达这里。

我想来这里,想一直都在这里。

我想将这片景色深深地拥入怀中。

在这里,我才能被她、被这个世界所理解。

相互地,我也完全可以理解她和这个世界。

即将长大成人的我已经明白,现实中不存在这样的地方。

可是在梦里,它却能化无形为有形,让我真真切切地感受到它的存在。

因此，即便我心里明白但却无法接受，更无法不在黑暗中伸手追求。

夏末蝉鸣的一个傍晚，我和澄田花苗骑着原付行驶在放学回家的路上。

与澄田在一起的时光正在慢慢增多。

不久前还觉得遥远炎热的归途现已吹起了丝丝凉风。

我没有注意反光镜，因为即便不看，我也能感觉到澄田的动静。

我一直都只看着前方行驶。

我想更坚强地走下去。

我想更快速地走下去。

我被这样的矢量包围住了。

以至于我只能朝着某个地方前行。

在 I-SHOP 内，澄田像往常一样迷茫地思索着今天应该喝什么饮料，而我也跟平常一样一如既往地选择了 Daily 咖啡，并先她一步走出了店外。

我半坐在原付座上，取出手机，继续为那个梦境做备份。

这是一封不会发往任何地方的邮件。

澄田走出店门，看到我后稍微迟疑了一会儿。

我想，她也许是想询问一下这封邮件吧！但最终她还是没有开口。

她的这一举动让我明白了。

那一刹，对于她我甚至有了些许期待。

然而……

那个愿望在我心中破碎了，我合上手中的翻盖手机。

在昏暗的夜路上，我骑着原付送她回家。

来到她家门前，我关闭原付引擎，只见一只小柴犬从一个老旧的金属脸盆内飞奔出来，然后以飞快的速度奔向澄田。

"我回来了！卡布——卡布卡布——"

澄田蹲下身子，双手在小狗脖子四周不停地抓挠着。她这时的表情非常漂亮，简直可爱到了极点。

这只名为卡布的小狗也用细小的爪子从各个角度与澄田的手指嬉闹玩耍。

卡布真是个不错的名字，只是小狗是用四条腿奔跑的，而 Cub 是两轮的，所以细想一下还是会稍感怪异。

看着她蹲在地上与小狗开心玩耍的背影，我内心深处的回忆仿佛也被唤醒了。

我想试着检索一下梦境里的回忆，但又感觉不太对劲，这也许是我曾经见过的某个具体印象的即视感吧。

那个类似回忆的东西立即被一层暮霭给遮蔽住了，以至于我无法清晰地将其抓住。最后残余的只有令我怀念不已的甚至感动涕零的感触。

在很久以前，我曾想过是否说服澄田花苗与我同寝，因为我期待通过这一行为能寻找到一些重要的东西。

话说,这个想法还真是一个单纯任性的想法啊!不过最终这一想法还是被我否决了,原因之一就是有很多不方便的地方。

但是,这并不是大问题。否决的主要原因还是在于我起初就断定这一行为是绝对不允许的。

对我来说,我们之间的关系也许跟恋爱不太一样,但我打心眼里想好好珍惜澄田花苗。

我不想伤害她,我想好心待她。

而且,还有一点。

那就是——我害怕。

我害怕在澄田花苗身上寻找不到任何东西。

所以,我放弃了确认。

但我被这个结论彻底地击垮了,我被宣告——"为了你而存在的东西根本就不存在"。

然而,澄田花苗身上确实有某种东西正在强烈地刺激着我。只是,那些年里我一直都没搞明白这东西到底是什么。

许久许久之后,我才渐渐明白了,如果一定要用语言表述的话,那东西就是无限接近于"思念"的情感。

如果我从小就生活在这个小岛上,如果我没有做那个奇妙的梦……我一定会对澄田花苗这样的女生心怀纯粹的好感吧!

然后，也许我就能迷茫、痛苦、欢乐地度过充实的少年时代。

那是一种远距离恋爱，是一种类似于嫉妒另一个世界的另一个自己的望乡般的思念。

4

梦里的山丘向远方延伸。

就在我即将爬至顶点时，我醒了。

清晨，在学校练习弓箭，但那天的命中率非常低。

之所以会这样，主要是因为我的姿势不够标准。

"但是，我觉得练习射箭的远野君很漂亮！"

晨练结束后从海岸归来的澄田这样对我说。我想，也许她也发现我的姿势不够标准了吧。

时下，已经过了开窗吹热风的时期，肌肤感触到的外界天气的变化不由得让我微笑满面。

教室里，轻薄的窗帘正在舞动，甚是有趣。午后，阳光高照，但窗台旁边却有一块小小的阴凉地带。窗帘随风飘动，乍一看有种正在跟室外光线进行相扑的视觉印象。

因为高三要高考的缘故，学校的课程主要以自习为主。其实没有人声的感觉也挺好的,自由自在,就像清风吹过般舒适。

我逃掉了社团活动。

也许,在停车场蹬原付的时候才是我最自由的时刻吧!

在通往通用门的路上,我用没必要的角度漂移前行,亦能感觉到自由。

在经常光顾的店内购买最熟悉的袋装咖啡,然后再选择一条不同往常的道路回家。在岛屿的中部,有一片从海洋之中生长出来的山峦,而我选择的路线正好就是通往那片山峦的小道。

在这条道上,别说中央线,就连边界线也没有划明。抬眼望去,整条道路就像一条用沥青铺成的黑色丝带,原付的低速齿轮携带着我,行驶其上。

上完坡后,没过一会儿便驶到了山峦的顶点,拐弯穿过一座山峰后会有一条南下的山道。

这条山道建立在高台之上,无论向东还是向西都能望见远方的大海。在我看来,这条山道已然可以作为兜风远游路线,登载在观光指南之上。

途中路过一个门球场和一座展望台,但我并未减速停留。

稍微跑了一段时间后,我停下了 Cub。

不停向后流动的景色也瞬间停在了眼前。

道路的右侧是一片宽广的田野,地里种有种子岛薯。薯叶的颜色十分浓郁，形状也颇具特色，因此我一眼便认出来了。而且，种子岛薯是我喜欢的植物之一。

薯叶井然有序地排列着，看上去十分清爽。

沿着田间小道向前行走，可以看到河堤。这种人工建造的河堤在这个岛上时常可见，它的目的是防风。其实说白了，就是堆积一道土墙，然后在其阴影地带建垦农田。

走到这里，我从 Cub 上跨了下来，然后轻巧地奔跑在河堤的斜坡上。

一直跑到气喘吁吁。

啊啊……

这里与梦境有些相似。

我继续向前奔跑。

再往前，应该可以看到些什么吧！

此时，地面的死角挡住了我的去路。

一幅全景立体画突然跃入眼帘。

位于种子岛东侧的平原一望无际。

右手边是中种子镇，左手边是一片灰色的南种子镇。虽然镇子看上去不大，但镇子之间有几抹绿色。

呈现在眼前的是一片黄绿色，那其实是甘蔗地。

倘若走近甘蔗地观看的话，其颜色会显得十分厚重，但像这样远观的话，其颜色又是如此的清淡平静。

远方，是一片暗绿色的森林地带。如按林地大小来区分的话，称其为片着实不太恰当。森林以带状的形式相互穿梭交错，汇聚成一种漆黑的存在。

田野浅淡的颜色与森林深暗的颜色复杂地组合在一起，就像一幅抽象的油墨画。而田野的平面性与森林的立体感又错综地交织在一起，宛如一幅用画具描绘出来的颇具立体感的绘画。

矮竹防风林种植在若干给人敏锐印象的淡绿色角落。作为植物，它们被镶嵌在黑色的森林之中。

近处的防风林随风摆动。

视线开始慢慢远移，在平地地段有浅浅的水面，那边是大海。

海上是碧蓝的天空。

这片天空是如此广阔，日本应该没有比这更为宽广的天空了吧。

铁塔朝着同一方向排成一行。

然后，左手边的远处有一座突兀的建筑物。

那是一架三扇叶的纯白色风车。

这是在这片景色中唯独一个正在明显活动着的物体。

自上到下从细到粗的圆柱形支柱垂直地矗立在森林的间隙间，其顶部有三扇可以切断手指的锋利扇叶，它们分别向十二点、四点、八点的方向展开着。

白色的扇叶在慢慢地旋转。

看来风的大小恰到好处。

虽然是风吹动扇叶旋转,但倘若一直凝视的话,就会产生一种扇叶旋转发动风力的错觉。

那架风车让人眼前一亮,其实它是太阳之里运动公园公立体育设施的一座纪念碑,也可以说是一个极具象征性的建筑。曾经,我有好几次都走至其跟前仔细参观。

然而,如当下这般从远处观望的话,竟有一种奇妙的清冷感。而且,它具有一股强大的力量,有种能把人的视线吸引过去的趋势。

风车在旋转,我注视了好一阵子。之后,我坐在河堤的草丛上,微风扫过草丛,吹起层层波浪,我感觉十分惬意,有种想就这样躺下小憩一会儿的冲动。

正当我打算随意慢慢躺下的时候,我想起了放在屁股口袋里的手机。

我掏出手机,然后按照平时的习惯,打开了邮件。

今天的梦境还没有记入手机。于是,我放弃躺下的念头,开始用手机记录。

这种毫无意义的梦境邮件,我已经写过很多回了。

但这次就在我准备打字输入之时,竟然发现自己不知从何写起,我变得极其不耐烦。

这是怎么了?即便如此,我也必须写出来,然后再删除。关于为何一定要这么做,我自己也不太清楚。

当四周渐渐变暗,我依然还在输入。此时,手机的背光似乎显得有些强烈。

道路那边传来了原付的声音,我原本以为是来这边务农的人。

"远野君!"

突然,澄田的声音在耳边响起,着实吓我一大跳。

"澄田?怎么了?你竟然认出我来了!"

"我看见远野君的摩托车停靠在那边,所以就过来了,没有打搅到你吧?"

"嗯,原来是这样子啊!见到你我很开心哦,因为今天在停车场都没有碰到你。"

"我也是。"

澄田小跑至我身旁,然后毫不犹豫地坐在了我左侧的地面上。她取下了斜挎在肩膀上的背包。

"见到你很开心"这句话在很大程度上是发自内心的。虽然当下这一状况有些即视感,但我还是坦率地说出了自己的想法。我收起手机,一边下意识地注意着左侧的澄田,一边眺望着不知何时已经点亮灯光的白色风车。

"远野君,你在这里干什么?"

"看风车,从这里看会看得比较清晰些。"

"那个东西是为了什么而建?"

"欸?你不知道吗?"

"嗯。"

"那当然是发电用的呀!"

"发电?那个东西还可以发电啊?"

"是哦!"

"可是,它转得那么慢,怎么能发电呢?不是要转很快才行吗?"

"风车的内部装有齿轮,它可以帮助风车加速,这跟自行车是一个原理。想要推动那么厚重的叶片并让它旋转,需要很强劲的风压才行哦!风力发电靠的不是风速,而是风力产生的重量。"

"欸……"

"看上去它的速度虽然很慢,但我想实际上应该承载了非常沉重的负荷。"

"那个风车能生产多少电?"

"之前我也有调查,不过具体数值我记不太清楚了。但是,听说它可以供给运动公园所有的电。"

"是吗?那那个公园就不用交电费喽?"

"或许是吧!但我觉得应该还是要交一点的吧!"

"这不是很强悍吗?为什么风力发电没有得到更为宽广的普及呢?"

"应该是成本问题吧！包括修理维护费和起初的建设费，我猜，即便一直转到其寿命结束，投资设备的费用也没法完全收回吧……"

"欸？那不是全浪费掉了吗？"

"也不算浪费啦！"我静静地回复道。

"为什么？"

我沉默了，因为不浪费的理由我一时半会儿还真想不起来。

"因为漂亮嘛！"

我说道。

像这样，持续被风吹动，持续矗立，持续旋转，是一件多么美好的事情啊！

我认为这是最接近正解的答案。

从澄田的动作来看，我知道她对于这个问题依然无法理解。

"喂！远野君会参加高考吧？"

夜晚的气氛逐渐变浓，藏青色的广阔天空中飘浮着硕大的云彩。

"嗯，我想考东京的大学。"

"是吗？果然如此啊……跟我预想的一样。"

"你为何会这样想？"我纯粹性地问了句。

"我感觉你会去远方，反正就是这么感觉的。"

我的内心发生了些许动摇，但我并未表露出来。

"……澄田你呢？"

"嗯嗯……"她喉咙深处发出了鸣叫声,"我也不知该何去何从。"

"也许,大家都是如此吧!"

远方的云彩中划过一道细小的闪电。

"不会吧?!远野君也很迷茫吗?"

"那是自然。"

澄田目不转睛地望着我的侧脸。因为天已暗下来,我没法看清她的表情,但应该就是一副真心认为"不会吧?!"的表情。

"但你看上去没有丝毫迷茫的迹象……"

"怎么可能呢!我满眼都是迷茫。"

风在吹,风车在转。

我面向风车,嘀咕道:

"我只是在尽量完成一些可以做到的事,不过这并不容易……"

这百分百是我的心里话。

"是吗……这样子啊……"

澄田的语气中似乎透露着满满的安心。

她从身旁的背包中取出一张纸,看上去,她的心情相当愉悦。那张纸好像是打印文件,但澄田却用其折起纸来。

"……纸飞机?"

"嗯。"

澄田貌似心情大好,她一边应答我一边在膝盖上仔细地折叠纸飞机。她的指甲很漂亮，随着她手指的正确活动，我看见一张纸变成了一个立体的三角形。

将机翼水平展开后，澄田举起纸飞机，用看似明快的心情将纸飞机掷进了风中。

出乎我意料的是，纸飞机笔直地飞向了远方。

就像解脱了一样。

纸飞机沿着山丘的斜面随风飞行，宛如正在寻找合适的降落点。紧接着，它又在某个地方突然升起，向视线以下沧海一粟的小镇飞去。

随后，纸飞机再次升起，飞向了渐渐闪亮的群星。

不……它只是可能飞向了群星，这也许是我的愿望给予我的幻觉。

或许，我已经把自己与正在飞翔的纸飞机重叠在了一起，只为让自己的意识也随之飞向远方。

3

我们看见宇宙中心的大型拖车正在已经完全黑暗下来的归途中缓缓前行。

因为感觉快要下雨了，我们便立即离开了河堤。跟平时一样，我要先将澄田送回家。

细窄的农道与双向通行的国道相连接，在不远的前方，有一盏红色的旋转灯正在一边旋转，一边向我们靠近。

当然，起初我们都以为那是救护车。

但就在我们正打算横穿国道的时候，才发现有一个手持红色警示灯且身穿保安制服的人正站在马路中央指挥慢行。我们慢慢减速后，停下了Cub，所处的位置正好就在十字路口前的停止线处。

保安人员摁下红灯后，告诉我和澄田我们需要在此稍等片刻。我和她谨遵吩咐，在停止线处并排停下Cub。

从最初我就听到了一个巨大且低沉的声音，但我并未多想。

这时，一个巨大的东西进入了右边的视线范围内。

在看清那个东西之后，我顿时激动不已。

那个拖车出乎意料地巨大，这种非现实的光景令我头脑一片空白。

这应该是道路交通法禁止通行的拖车型号，因为单侧车道已经无法满足它的行驶需求。即便同时占用两侧车道，也会显得十分拥堵。

车厢的高度也很离谱，我断言它会与路灯发生剐蹭。而且，要是碰到电线的话，一定会扯断电线。难道说，这辆车根本就不在意这些吗？

当我看见车体侧面的NASDA标志时，才意识到这辆拖车的来历。标志通过后，只见一个象牙色的大箱子连接在连接器的后面。

那是一个长方体的一体式集装箱。

与集装箱的尺寸相比，拖车的大小根本就是秋毫之末微不足道。

这个集装箱就像一堵墙，将我眼前整整五六十米的视线都给遮挡住了。突然，一堵金属墙严严实实地遮住了我的视野。

没错，我终于明白了。

这是三菱重工制 H2A 火箭的专用搬运拖车。

我曾经在宇宙中心的照片中见到过。

不过，我一直都不知道它竟然如此庞大。

这让我想起了一些事情，宇宙开发事业集团的 H2A 在爱知县的船坞建造完后会用船只运送到这座岛屿的岛间港，岛间港位于小岛南侧，由一条县道将其与种子岛宇宙中心相连接。

为了让火箭搬运拖车顺利通过，这条县道上没有架设一根电线，就连红绿灯也是可调式的。也就是说，当拖车通过时，红绿灯就会被调成红色，而正在行驶的车辆则必须退至道路的两侧进行避让。

所以，只有在拖车通过时才需要特别的交通管制。为了火箭发射，种子岛的南侧为其提供了各种便宜。

车辆顶部安装的黄色警示灯正在闪烁，灯光给四周的黑暗渲染上了异样的气氛。

重低音的发动机发出喧闹的轰鸣声，充斥于附近空间内。在这之中，还掺有金属的违和之声，也许是连接器的碰撞声吧。

整个拖车及其周围都亮起了强力的光源，除车身之外，道路以及道路周边都被完全照亮。为了以防万一，另有几位保安人员正在给车辆做检查。

望着远方海上的积雨云，可以看见几道微弱的闪电。但与眼前如此具有压倒性的事物相比，那些闪电根本不算什么。

集装箱从我面前缓缓地横穿过去了。

它的速度已经慢到只要保安人员稍稍小跑几步就能轻松追上的程度。

可能是出于对不要让重要的火箭受到任何震动的考虑吧！也许，固有震动也被纳入了考量的范围，但即便护送汉尼拔·巴卡也未必有如此之大的阵势吧。

在顺利发射之前，不希望火箭受到丝毫损伤的坚定意志已转化为眼前巨大的能量，火箭正在肃然缓慢地移动着。

"……欸？"

我转过身去，看着澄田。

"时速5公里。"

澄田侧着脸说道。她的注意力已经完全被拖车给吸引住了。

被灯光照耀着的我的双脚顿时感觉有股冷气正在逼近。

"以时速5公里的速度奔向南种子发射场。"

"啊啊……"

我假装若无其事。

但假装若无其事并不容易，因为我知道自己遭受到了穿心般的惨重打击。

缓缓的……

打击浸透至全身。

我无法理解自己为何会遭受到如此之大的冲击。

混乱中,有几种感觉被唤醒,此时的心情就像在很久远的过去与谁一起分享了什么十分重要的东西一样。

如此一来,双方即可互相守护彼此,可以在这个宽广的世界立足。

犹如发作般,很想哭。

我咬着牙拼命地忍住。

倘若哭出来的话,内心的某些东西就会立即坍塌,所以我根本不想哭。

"这应该是今年久违的一次发射吧!"澄田说。

拖车和集装箱已经完全从我们面前通过,宛如舞台聚光灯般照亮四周的灯管也已减弱亮度。尽管通行禁止令已解除,但我和澄田依旧站在原地。

灯光四射的列队已渐渐消失在夜晚的黑暗中。

"啊啊,听说要飞到太阳系的最外面去。"

我一边感受着心中的狂风暴雨,一边平静地答道。

雨滴啪啪啪地掉落在摩托车的头盔上。

"……要飞好几年。"

我默默地望着已经离去的集装箱的尾部,以及一边摇晃红色警示灯一边徒步随行的保安人员们。

他们在给拖车照明的同时,还追随着装有回旋灯的紧急车辆。

光线向着黑色的空间缓缓驶去。

那日夜里,我又梦到了那个梦境。

翻过山丘,是一片宽广无垠的大海。

白色的沙滩弯弯曲曲地延伸着。

我和少女在一起。

我们站在沙滩上,听海浪的声音,看海水渐渐涨至脚边,来来去去的水泡显得十分羞涩。

大海在夜色的阴影下散发出金属般的蓝色光芒。

这是由天空中的黑暗复制出的蓝色。

形如磨边玻璃的繁星悬挂于天间。

还有发出暗淡光辉的晶体状星云。

星光反射在水面之上。

这里就像繁星之原。

繁星倒映在波光粼粼的海面之上,其实这种光景并不多见,不过在这里却被广泛接受。

啊啊!我知道了!!

这里是那枚火箭即将抵达的地方,被运送过来的那枚火箭是飞向宇宙深处的探索机。

这会是那枚火箭将要邂逅的风景。

蓝银色的大海。

圆形弯曲的水平线正在反射光芒。

云朵沿着水平线横向铺开。

低空呈现出绿色。

高空则是藏青色。

环状云，以及花费无数时间抵达这里的各种存在。

那真是一场即便想想都会让人绝望无助的孤独旅行。

真正的黑暗中，没有一个氢原子。但我坚信，在深远的地方一定存在，因为想要接近世界秘密的心意是坚决的。

我意识到我的意识能够存在于此是多么美妙的奇迹。

在我身旁，还有她这个奇迹。

我同样也意识到了。

流逝的时间、她那看似柔软的对襟毛衣摩擦出的声音、飘摆的长裙、秀发。

环状的星云就像一顶斗笠般覆盖在淡绿色的天空下。

我注视着她的侧脸。

风轻轻吹拂。

被风轻抚着的她似乎心情甚好。

你到底是谁?

想要接近世界秘密的心意是坚决的。

可我能前行到何处?

前行到哪里?

2

秋天来了。

虽然稍微消瘦了些,但我依然只顾向前行走。

那日,我觉得自己感觉到了某种气氛。换言之,是一种会有大事发生的预感。这是不是一件值得高兴的事情呢?我全然不知。但我确实感觉到了,而且,预想也成为现实。

与其说是直觉,倒不如说是意识外的观察。今日不同往日的差别就像无法识别的误差,经过我的黑匣子处理后,它对我发出了警告。

总之那日一直提心吊胆,而这种感觉也许与渐渐临近的高考的气氛有所关联,再有可能就是因为无聊的老师说了无聊的话。在这样的日子里,教室里张贴的标语"实现梦想"也显得格外碍眼。

放学后的傍晚,在停车场遇见澄田花苗时我才松了口气。因为对今天的气氛有所察觉,所以神经一直紧张得犹如蓄势待发的弓箭。

澄田应该是在等我。当我走至停车场时，只见她在校舍的角落里偷偷地向我张望，于是，我立即喊了声："澄田？"

她似乎被我吓了一跳，惊慌失措地站了出来。

"现在回去吗？"我问道。

"嗯。"

"是吗？"我微微笑了笑，"那，一起回家吧！"

金色的夕阳横向照射进傍晚的便利店内，有种让人怀念的气息。

店内的有线 BGM 正在播放似曾相识的令人惦念的曲目。

澄田依然一如既往地蹲在饮料区，但这次与往常也不尽相同，她似乎正在利用自己的肌肤感捕捉着什么。而且，她正望着倒映在冰箱玻璃门上的我的身影。

我打开玻璃门，取出袋装的 Daily 咖啡。

平时总会花上一大把时间选择饮料的澄田今天也立即取出了饮料。

"咦？今天这么快就决定好了？"我问道。

"嗯！"

然后，我感觉今天或许会发生什么。

我和她在收银台付完款后走出了店外。

那张老旧的长椅被放置在夕阳无法照射到的建筑物的阴影里，显得格外昏暗。

澄田尾随在我身后，我听到了她那奇妙的呼吸声。

出于一种微弱的物理抵抗感,我停下了脚步。

当我感到有人从后面拽住我的袖口时,我身体的中间部位开始急速冷却。

紧接着,我体内深处的虫子开始蠕动。

只能说这是一种拒绝感。

我知道她接下来要说什么。

我甚至可以想象到她会用何种语气说出哪些台词。想象完,我的心口立马产生了一种不太愉快的感觉。

不行!

绝对不行!

假如听到那些话,我对你的兴趣必然会完全消失。

所以……

"嗯?"

我静静地转向她。

虽然是静静的,但却充满了严肃。

"啊……"

将左手放在我胸前的澄田花苗似乎非常迷茫,她轻声吐出了一个"啊"字。

我用十分温柔且平稳到极点的声音说道:

"怎么了?"

她直接向后退了一步。

然后低下头,不再言语。

对了!

就应该这样!

我不想她用语言说出那些话。

如给那些话语赋予形状的话,那它只会步入劣化,因为我不希望它们被具体化。

请不要劣化我珍视的东西。

我追求的东西是绝对无法用语言代替的东西。

耳边传来虫鸣声。

即便太阳已落山,但南国的光线依然非常强烈,这些光线给混凝土披上了橙色的新衣。

澄田正在小声嘟哝着什么。

"欸?"我温柔地问道。

"啊!没什么。"

澄田仍然低着头,她一边摇头一边继续说道:

"抱歉……真的没什么。"

可是,我感觉内心里的那些细微的东西还是在此时消失殆尽了。

当我们准备回家时,意外地发现澄田的摩托车无法发动。

头戴头盔的澄田蹬了好几次,但引擎依旧没有反应。

我将自己的 Cub 调成空转，然后推到与她的摩托车并排的地方。

"出故障了？"

"嗯……好奇怪啊！"

我蹲下来，看了看她的 Cub 的引擎部位。几年前因为摩托车没油导致罢工之后，现如今我已经能够进行简单的整备和诊断了。

在我检查摩托车的同时，我发现自己竟然十分重视澄田花苗，尽管有些矛盾。

"不行吗？"

澄田用可爱的声音询问道。当然，她问的是摩托车的情况。

我果然还是非常希望她就是梦境中的那个少女。

"嗯……火花塞的寿命已经到期了，这个是二手货？"

"嗯，是姐姐的。"

"加速的时候熄过火吗？"

"……好像熄过吧。"

我尽量用温柔的声音与她交谈。不过，这种温柔与方才的温柔不太一样。

其实，我最初就知道她并不是梦境中的少女。但即便如此，我还是担心会有这种可能性，所以在对待澄田时我显得十分重视。

"今天先暂且放在这里吧！改天让家人过来取，今天走路回家好了！"

我关掉自己 Cub 的引擎，用百分百温柔的语气对澄田说。支好摩托车车架后，我从 Cub 上下来。如此温柔的语气也许是有史以来的第一次吧！

"欸？我一个人走就可以了！远野君先回去吧！"澄田慌忙摇手示意不需要。她满脸通红，看上去十分困扰。

"这里离家不远，而且……"

我希望梦境中的那个少女是一个真实存在于世的实体。

正因如此，我才一直试图用这个假设来说服自己。

我内心的某一部分确实希望能够停留于此。

"而且，我也想走走路。"

但是，那种事情已经无法实现了。

1

我们二人单独行走在四周尽是田野且视野开阔的田间小道上。

小道上，既没有汽车也没有摩托车通过。在傍晚夕阳西下的柏油路上，我们向着我们居住的小镇直线往前。

道路非常缓和，拐过几个步行时无法察觉的弯角后，远方的大海不知何时已悄悄跃入眼帘，但一旦角度发生变化，大海又会从眼前消失。

远处的水面上，闪闪发光的金色光线正在肆无忌惮地反射着。随着我们步行的速度，矮矮的木质电线杆接连不断地向后流逝退去。

她跟在我的身后，而我则只能通过气息来判断她的远近。残年孤寂的蝉群们正在投放哗哗哗的金属声。

我一边仰望天空一边行走。

在逐渐被渲染成深藏青色的黄昏的高空中，薄薄的云彩描绘出一幅细腻的景致，而低空则被淡淡的光线印染成白色。

我笔直地向前行走着。

在昼夜交替的道路上，澄田花苗似乎被我用一根无形的绳子牵引着，也笔直地跟在我的身后。手腕上至今依然留有衣袖被拽时的凄凉的感触。

我缓缓沉入梦想之中。

我在思索自己想去的地方。

我想，我应该非常热爱这座美丽的岛屿吧！

初高中我一并在这里度过了四年半的时光。我知道，这座岛的热度、这座岛的空气、这座岛上土壤的气味都已深深浸透至我体内。

但即便如此，我还是必须去往他处吧！

我迫不得已地离开是不是为了寻求连自己也无法确定的根本就不存在的风景呢？

答案已经浮出水面。

我只能这么做。

我心知肚明。

如期待奇迹发生,那唯有不停伸手去抓紧、去把握才行。

就像铸造东西一样,身体在不知不觉中成形。我或许就是一台那样的机器,一个具有那样构造的物体。

风从前方吹过来。

风的声音搔动耳垂。

不知从何时起,蝉鸣声及澄田的脚步声都已恍若未闻。

听不见了吗?

我转过身,发现澄田在距离我很远很远的地方停了下来——她睁大双眼,泪水夺眶而出。

澄田依旧低着头,她正在用拇指根部来回擦拭溢出的液体。

"你怎么了?"

这是一句单纯的问候。

"抱歉!没什么……抱歉……"

我不明白她为何要道歉,但面对不停说着"抱歉"的她,我不知该如何抚慰。

我走近她,想伸手扶住她的肩膀——

但我还是把手放了下来。

她为何哭泣?

虽然有部分意识正在警告我不要去深究这个理由，但关于这个理由，我早已一清二楚。

她的理由一定与我想象的一致。

她正在代替我哭泣。

我们都有不断追求的东西。

她和我都在追寻着什么。

我们伸出双手，放弃祈求，盼望奇迹的出现。

既然事情变成这样，我就更不能哭泣了吧！也正因为如此，她才哭泣。因为同样的理由，包括我的眼泪在内，她一并流出了眼眶。

因此，我认为她定然就是那个代替我留在这座岛上的半身……

她试图通过脸部内侧的压力停止哭泣，但我知道这样只会让泪水止不住地流。她自身也许也应该明白这个道理吧！然而，她却不得不如此。不断地抽噎，泪流不止，她捂住双脸，即便如此她还是想停止哭泣，可身体却全然不听使唤。

在离她稍远些的地方，我就像注视着自己的泪水般沉默不语地望着她。

视线跳过她的脸庞，我看到天空的颜色有些发紫。

我感觉夕阳正在渐渐沉落。

就在那时。

0

蝉鸣声止住了。

肌肤感受到的空气也变得异常。

周边的变化十分明显,产生的错觉就像世界瞬间昏天黑地了般。

一直埋头哭泣的澄田也扬起了脸蛋,越过我的肩膀她似乎仰望到了什么东西,总之她的眼睛瞪得超大。

我连忙转过身。

——眼前出现一道闪光。

在宇宙中心那个方向,从遥远的地平线上诞生了另一个小小的"太阳"。

震动的光球从地平线升向天空。

黏糊糊的烟雾连成一根长线,沿着地面慢慢散开后,在原野上不停翻腾。

爆炸的声音终于响起来了。

狰狞的声音敲打着空气,被敲打的空气则再度影响周边其他空气。

这是一个震耳欲聋的声音,以至于我的肺部都被剧烈震动了好一会儿。

烟雾的痕迹渐渐伸长,危险的光球正在升入天顶。

长长的烟雾就像一根白色的柱子般。

眼前见到的并不是喷火上升式的光景,除光球之外再无其他。

看似有毒的人工橙色光点反推烟柱,把其推送至更高,这是一种沉重之物强行升空的实感。

用"飞行"这一词语表达的话已不再贴切,因为这并不是那么光鲜亮丽的感觉,而是一种暴力强硬的措施。倒数至零秒时,全部重量从下到上被举起,那块庞大的金属被推向天空深处。

地球的重力有种要把其拉回地面的趋势。

而金属正在跟这股力量进行着殊死的搏斗。

哪怕松懈半秒的时间,也很有可能会被看不见的手拉回地面吧。

在那里只有——

借助强烈的负荷强行将物体推向高空的现象。

我目睹了天意与人为的凶残格斗。

塔在渐渐上升。

光束带着接连不断的震颤也在逐步攀升,进而穿透云层。

持续延伸的尾巴及烘烤云层的火焰。

烟塔描绘出一个个拱门,可动喷头做着投球式的变更。我想,应该是SSB的燃料已耗尽,SRB-A已脱离火箭了吧。

混杂着火焰的烟雾炙烤着大气,空间被不停踢飞。

声音敲打空气,被敲打的空气则继续敲打其他空气层。

耸立的烟柱。

面向大海的烟柱。

面向风车的烟柱。

橙色的光辉将黏稠的烟雾带回地面。

那个人工物体在一阵恐怖的震动声中飞向黑暗。

暴力的小铁块已从名为地球的这座小岛成功脱离。

我——有一瞬,还曾为发射的成功与否及会否爆炸而担心不已。

但在闪过内心的那个征兆中可以找到寄期望于"失败吧"的丝丝痕迹,这让我……十分动摇。

会掉下来。

我意识到那个烙印就像教室角落里的涂鸦一样,虽然自己并未把其当成一回事,但它清清楚楚地存在着。

然而,就在眼看光球穿透薄薄云层的瞬间,那个愿望消失不见了,也可以说是不留痕迹地蒸发了。

光球已摆脱地球的束缚,再也看不见了。

柱状烟雾造成的阴影形成一条直线,横在地面之上。

微风吹过,烟雾的形状逐渐失去了柱状直线性,正在软绵绵地变换着形状。

发射时生成的第一团烟雾已在地面慢慢扩散,然后如积雨云般缓缓飘上天空。

风吹过我们四周。

杂草迎风摇摆。

沉默。

余韵。

我俩都沉默不语地仰望着眼前的景致。

我和澄田同时叹了口气。

终于可以听见远处海浪的声音。

火箭残余下来的白烟就像一条巨大的蟒蛇,一边膨胀弯曲一边飘向上空。

小鸟们叽叽喳喳地从我们身旁飞过。

夕阳从侧面照射过来。

烟雾经过膨胀后变得有些稀薄了,目前仍在渐渐扩散。

我和澄田依然站在原地,一动不动地望着天边稀薄的直线烟雾。

我想飞起来——

当最终不纯的留恋也消失殆尽后,我体内不断回响着的全部杂音也都跟着消逝了。我知道,将自己留在这里的最后那根钉子已失去拉力,一切感觉都变得尖锐起来。我意识到我已经将自己改造成一个只会直行前进的物体。

观赏完火箭发射的前后,我清楚自己已经有了明显的变化。

那就是我。

我不能在此停留。

1

那日夜晚,我做了一个梦。

我在山丘之上眺望异星球的海面黎明。

温柔的绿色天空中星云飘浮,小小的鸟儿一边轻声歌唱一边飞翔。

异世界的风就像旋涡四起的天空一样,又如刷毛般肆意吹动。

少女抱膝平坐在草地上。

她正在感受强劲的风速。

此时,水平线上升起一道闪光。

火箭的橙色光芒从大海与天空的交界处腾空飞起……

不,这一定是错觉。

升起来的是金色的太阳。

包含着柔和情感的朝阳之光……不管如何凝视,视网膜都不会被烧毁,这是一个蒸馏后仅剩美丽及沉静的理想朝阳。

摇摆的野花似乎已经预感到自己即将沐浴阳光,它们为此兴奋不已。

少女站起身来,长发随风飘逸。

阳光仿佛要吞噬大地般，不断驱赶着山丘大地之上的夜晚的阴影，那种感觉与海浪慢慢靠近脚边的感觉非常接近。

　　光芒顺着我和她的脚边，慢慢温暖我们的身体。

　　少女沐浴在阳光之中。

　　然后她转身面向我。

　　我终于看清了那张一直藏于阴影当中无法识别的脸，此时此刻，这张脸正沐浴在阳光下，与我面面相望。

　　我顿时陷入了混乱。

　　"你是谁……"

　　我不知道。

　　我不知道她是谁。

　　我面向少女，第一次伸出了双手。

2

　　睁开双眼，我发现自己的双手正伸向空中，但我并没有触摸到任何东西。轻声嘟哝的那句"你是谁？"已撞向天花板，破碎的微粒已融入了空气。

第三话 秒速5厘米

20

"欸？你刚才说什么？"

听到出乎意料的话后，筱原明里连忙转过身来。

因为一直以来她一直都是个慢性子的人，所以今天见到她身手如此敏捷，很是稀奇。

那时，明里正在系学生室写摘要。

明里已经二十一岁，在位于东京市中心的被称之为特大私立大学的日本文学系就读，现在是大三学生。

研讨会会在文学系第三年正式启动，因此明里需要阅读各种文献并制作报告资料。正因如此，她的学习生活也突然变得繁忙起来。而且，研讨会不像考试可以集中突击临阵磨枪，唯有花费大量时间和精力才能保证报告的质量。

出于不想在众人面前出丑的考虑，明里每日都在踏踏实实地努力学习。与此同时，明里还形成了就自己感兴趣的作品认真分析思考的好习惯。

进入冬天后，学生室内的塑料地砖地板又硬又凉。那日她依旧在学生室内制作资料，在冷不防听到旁边同学的意外发言时，她不假思索地反问了一声："欸？你刚才说什么？"

"听说英美系的佐佐木要结婚了。"

"可是,那个人和我一般大吧?"

"谁知道呢!反正听说马上就要结婚了,倒不是奉子成婚之类的。好像会在夏威夷举行结婚仪式,休学一年后再从研讨会开始学习。"

"好优雅喔!"同系的朋友羡慕地赞叹道。同时,也有其他人透过昏暗的玻璃望着冬季的天空痛心地嘟哝说想去夏威夷。

"可是,刚过二十岁就……?"

明里愕然地接道。

"是吗?虽然也有人吃惊地说明明还在上学,但年龄方面倒是另一回事啦!我们现在也差不多该考虑考虑婚姻大事了,小明还没考虑过吗?"

"从没想过……"

朋友的话题已经转到对方是个怎样的人,所以明里也不再往下听了。是吗?自己已经到了何时结婚都不会奇怪的年龄了吗?

虽然完全没有真实感,但明里还是怪异地感慨起来。

她稍稍陷入了放空的境界。

已经到了结婚都很正常的年龄的自己为何小时没有想象过呢?

只要活着就会对一切产生恐惧感的阶段倒是有所经历。

但随着年龄的增长,反而会感受到生命的快乐,这真是太不可思议了。

我想起了一些小时候的事情。

那时，在我看来，被他人疼爱，被他人接受是根本不会发生在自己身上的事情。

那是一个十分坚固的信念。

记忆中，好像那个世界观后来被一瞬间推翻了。

没错！

那个男生向我说了句"没关系，别紧张！"

突然，耳边传来煤气炉发出的微弱的声音。

那个人现在还好吧？

明里开始在意起那个封存在记忆之中很久很久的男生。

那个大雪天，难道自己从他那里夺走了非常宝贵的东西吗？

虽然说不太好，但怎么说呢，应该是一种类似于活下去的"力量"之类的东西。

那时的我们相互依靠，形影不离。我们两个人就像互相平分似的，一同分享着一个人的活力。而最终，我们活下来了。

19

"与理想稍微存在些许误差的话会让人很不愉快，这种感觉谁都体验过。但是，一般人不会向别人提出如此完美的要求。依据现实判断的话，应该就能建立正常的人际关系吧！不过你非常缺乏这种宽容性，你试图将除了一百分就是零分的极端评价标准套用在我身上，可那不是公正的评价，我说得没错吧？"

远野贵树对眼前的女生说道。

那是二十一岁即将冬至时的事情。他在理学系学习解剖学，住在池袋，每日步行上学。

从那年开始，他开始在私塾兼职做讲师。

他与在私塾相识的同龄女生恋爱、交往，然后现在打算结束这段恋情。

在邂逅的那一瞬，他就非常清楚这个女生不同寻常。

因为贵树可以轻而易举地理解迄今为止根深蒂固地寄存于那个女生身上的从未被人理解过的某一部分。

当那个女生首次进入他的视野时，他的心中立即刮起了一场龙卷风。

贵树可以感觉到体内所有部位几乎都在旋转着风暴，积蓄在体内的全部噪声被撕裂得一干二净。紧接着，意识被诱导至风暴中心的无风部分，她犹如核心般存在于追光灯的正中央，并与他发生接触。

她的直觉也完全深有同感，对于贵树的心情，她心知肚明。

眼前的这个人也许正是此生只能邂逅一回的只为自己准备的另

一半。

他们二人都相互这样坚信着。

正如漂流者找到淡水一样，贵树与她相互滋润对方的干渴。无法见面时，彼此都会因为太过思念对方而心颤手抖。这种颤抖，已经到了难以忍受的地步。贵树可以感受到她是如此强烈地追寻着自己，而她也一样非常清楚贵树对自己的渴求是如何的癫狂。

两人是如此相濡以沫，对于对方的感受及想法，几乎没有无法揣摩无法理解的时候。

在一个月的时间里，他们犹如暴风雨般热烈地渴求着对方。

然后，就像计算过一样，在一个月后他们的感情突然变成了憎恶。

他们无法容忍彼此的存在。在那之后的两个月内，贵树已完全掌握了如何伤透人心的各种技巧。

与直接痛骂相比，能够给予对方深深伤害的中伤语言铺天盖地。比如说，装作全然不知的样子——数落对方明白却怎么也无法接受的事实。

那个女生身患疾病，药丸几乎片刻不能离身。

有时发作起来，贵树就得把药丸和水送至其嘴边。

第一次一起同寝时，对于她纤细的身体他倍感震惊。"你的体内是不是什么都没有啊？"他开着玩笑，但她却一脸严肃地沉默不语。

"我的内脏几乎都只有一半。"

"那脑子呢?"

她干干地笑了笑,说:

"还是头一回有人这样说……"

说完,她露出了安心的微笑。

"小时候,我和我的双胞胎姐姐做了平分手术。"

贵树稍稍陷入了沉思,虽然他对自己猜测别人的出生生长环境很是自信,但他并没有看出她有和双胞胎姐姐一起长大的经历。

"真的吗?"

她窃笑起来。

"骗你的啦!我的内脏是齐全的哦!"

虽然双方都很憎恶对方,但两个人依然在交往,更没有停止见面。

虽然明知见面只会恶意中伤对方,但只有两个人的约会并未终止。

即便是自己十分憎恶的人,两个人也依旧迫切地需要彼此。

很久很久之后,贵树明白了,那其实就是一种利用激烈的形式相互撒娇的手段。倘若对方是一个对自己而言根本无所谓的人,那不管怎样都需温柔以待。

然而,那时无论贵树还是她都无法忍受那种激烈。

想要寻找她身上的缺点简直就是一件轻而易举的事情。

因为自己不想承认的缺点都可以在对方身上发现。

所以，只需隐藏自己的缺点，然后将其转移给对方。

决定不再见面的那天，他最后向她扔了一句一直深藏在心底的话语：

"话说，你的双胞胎姐姐现在何处？"

"……那种事情，为何非知不可呢？！"

这时，雪花正在飘落。

18

筱原明里十九岁时，在经过长时间的应试学习后，终于顺利通过考试，成为一名大学一年级学生。总而言之，幸好没有沦落为浪人。

大学正门附近有几株樱花树，三月下旬至四月上旬期间，明里每日都像描绘的美好画面般穿过樱花盛开的大门。

几乎接近雪白色的小小的花瓣簌簌簌地在空中飞舞。

（啊啊！自由了！！）

当下的心情格外明朗。

"考试。"

这两个字犹如锦旗般迎风飘扬，不管做什么事情，都必须优先考虑考试，其他各种想做的事情只能被迫延后。就这样，持续了一年的时光。

租好公寓后,开始一个人的生活。那时不管怎样都非常想尝试一个人的生活。

为了独立居住,明里还跟母亲发生了小小的争执。但每日从栃木的岩舟到东京市中心上学几乎不大可能,所以在现实面前,母亲只好妥协让步了。

租来的木质公寓是面向女生的,因此,无论内部装修还是外观设计都很漂亮。而且,公寓内暂时还有一处类似凸窗的结构,门锁也有好几个,所以总体而言她还是十分满足的。另外,步行即可到达学校。

一个人独居,既可以做自己想吃的东西,或根据心情选择什么也不吃,还可以在自己想起床的时候起床,没有任何人干涉的生活真心愉快。

说起"愉快"二字,购买一整套化妆品后第一次真正尝试化妆的经历也很愉快。

明里兴致勃勃地化了妆,但就连自己都觉得化得很烂。

稍加斟酌后,还是放弃了化妆。卸妆后,明里怀着失落的心情走向大学。

那日明里才首次发现,要判断对方是不是大一新生,从化妆技巧的高低便可大致明白。放眼四周,同年级的学生犹如物以类聚般都不太会化妆，明里感觉这真是一件奇妙可笑的事情。

坐在随便挑选座位的教室里，听一场九十分钟的课程，明里觉得很新鲜。

当然，在面对新环境的同时还是有些紧张，但绝不会像从前那样浑身颤抖或直接病倒。

此外，还交到了很多好朋友。

迄今为止，明里从未因为没有同伴共进午餐而犯愁。

换言之，二十四小时内她不会因为没有人在身旁而心感不安。如果是一个人，那就一个人开开心心地度过一个人的时光。

总之，明里过得很充实。

她最亲近的人是野宫同学。野宫是一个时常面露倦怠的美人，明明拥有模特般的身材，但却总是大大咧咧地大步行走于校园间，说话的语气中也透露着一股流氓般的气息。她常常大声斥责那些轻易靠近自己的男生，而明里则最欣赏她这一点了。

（绝对要跟这个人成为好朋友！）

明里带着这股信念强行与其成了朋友。明里想，要是换作从前，这种事情是断断不可能的吧！

入学一年后，因为同班同学热情相劝的缘故，明里第一次和男生建立了恋人关系。那是一个十分令人愉快的人，跟他在一起也很开心，但因为各种原因这段感情只维持了半年左右。

（一旦有人对自己说喜欢，我就会变得很脆弱……）

明里已经察觉到了自己的这一点。

虽然被告白，心里仍想"欸——可我根本就不喜欢你"。

（等一下！让我再好好考虑一下！）

不知为何，脑袋里总会出现这样的思考过程。接着，"难得对方鼓起勇气告白，不接受的话会很浪费"的意识就会自然而然地产生。明里心想，左思右想的思维斗争与贪小便宜的心理十分相似。

这一点与若没感觉就会直接拒绝的野宫应该说是截然相反。

"但我觉得筱从外表上看的话，性格一定是非常非常女人的。"

野宫以前这样说过。她称呼明里为"筱"，取了"筱原"的第一个字。

"是吗？"

"也就是说，你给人的外表印象与内在其实截然不同哦！从某种意义上来说，是求道的类型呢！"

"弓道？"

"不对不对，应该是追求道路型的。那个'有核的自己'应该存在于某处，而且你属于会努力向那边靠近的类型，虽然也许只是无意识的。"

"是吗……"

明里歪着脑袋，但却有种记忆正被某物轻轻骚动的感触。

"Water World，世界被水淹没了。"

"你说什么?"

野宫是那种会突然蹦出奇言怪语的人。

"人有两种,想到达某地而拼命游泳的人和只在一旁轻轻漂浮的人。这两种人在这所学校都大有人在,你显然是前者吧!"

"真是单纯的分类方式啊……"

虽然对这个太过干脆的分类方式倍感吃惊,但那种见解也有自己稍微可以理解的部分——明里轻声呻吟喃喃道。

"不将其简单化的话,就很难传达给他人了。当然,也可以使之更为细分化。轻轻漂浮的人还可以分为两种,一种是把池水当成温泉并享受其中的人,另一种是腿脚负重勉强浮出水面的人。所以,从境遇上来说,你和我都是被眷顾的人哦!"

明里想是这样吧?至少还不是为了维持现状而拼命努力的境遇。

"顺带说一下,游泳的人也分为两种哦!"

"啊啊,怎么分?"

"分为目标明确且勇往直前的人和目标模糊没头没脑的人。但是,'想要到达目的地'的人如果超出极限的话就会沦落为腿脚负重勉强浮出水面的人。虽然向量不一样,但正在做的事情是一样的。"

"欸……是吗?"

"这样的话,世界就会变成一个环,Ring World。"

如今回想,"放弃吧"是一个直截了当的忠告。说那句话时,明里还在谈恋爱,她的语气非常客气谨慎且深刻。

外面正在下冬雨。

并不是因为听说熟人要结婚,而是一想到自己的情绪被那种单纯的联想游戏给影响了,明里心里很不痛快。所以,预留出充足的时间后,她慢慢地走出学生室。

穿过走廊,她走向了另一栋建筑物。一接触到外面的空气,明里立即有种头发被冰冷的湿气打湿的感觉。

在这栋楼内,并排设有所有英美系老师的个人研究室。在看见目标房间亮有灯后,明里体内瞬间有股电流通过。

明里敲了敲门,但屋里没有回应,于是她打开了那扇小门。

房间主人的视线并未马上离开电脑。

"可以稍微打扰您一下吗?"

"只要你不跟我说话就可以。"

一种绞痛般的情感猛地涌向明里心头,深呼吸了一口气后,她坐在了桌子前面的小椅子上。

视线尽头的那个人正在不停敲击着键盘,就连稍稍停手思考的间隙也没法空出。

她想起了他那双无法隐藏在监视器后面,轻易便可被学生看见的大手。

这所大学有听其他专业的课程然后将学分转移到一般课程里的

制度。

大二时,她选择了英美文学史的学习辅导和研讨会形式的翻译小组课程,任课的老师就是现在坐在眼前的这个人。

他作为一名翻译家比作为一位学者更有名气,他翻译的书籍都是用华丽的辞藻堆积起来的完美作品,这也正是她当初为何选择他的课程的原因。

在明里心中,除这个原因之外坚定她选择这项课程的原因是基于随后发生的事。

明里就像空气一样被彻彻底底地忽视掉了,那个人一直在持续地忙着工作。在这样的空间,那个人即便稍稍动一动脑袋也会立马产生一种独特的氛围。

只能说她喜欢这种感觉。

但不存在类似"因为什么什么所以喜欢"这样明确的理由。

如果喜欢是有理由的,那就可以控制自己不去喜欢,只要否定那个理由并让自己接受即可。

如果不那样的话就会很困扰。

如果不那样的话就会很痛苦。

分明是自己的意识,可为何无法停止喜欢呢?

然而,试着想想看,喜欢的理由是可以用语言表达的东西吗?

在这世上,既有能用语言表达的东西也有不能用语言表达的东西。

而喜欢上某个人的理由恰巧正是最无法用语言表达的东西。

在杂志的调查问卷上，经常可以看到喜欢的异性类型排名第一的是"温柔的人"的调查结果，但明里对此深表怀疑。

至少她自己从未因为温柔这种理由而喜欢上某个人。

也许，并不是调查问卷在说谎，而是大多数人确实就是这么回答的。

但是，即便对大多数人而言，也不会单单因为异性温柔就轻易喜欢上对方吧？对方很温柔只是一种书面回答罢了。

更进一步说，自己在自身无法掌控的情况下喜欢上对方，虽然那是不管怎样都无法用语言来说明的事情，但假如没有理由的话又将无法回答别人提出的问题，所以只能暂且用"温柔"来解答这种难题。

也许，仅仅如此。

假如不是那样的话……明里想。

"我完事了，你的问题是？"

尽管离开键盘的手正在小幅度地挥动着，但那不是在跟明里打招呼，而是单纯的肌肉放松。

"我并不是为了那个才来的……"

"那你是为何而来？"

"难道没事就不能来吗？"

"我认为这是在浪费彼此的时间。"

明里想：

这何止是不温柔啊！简直就是对自己完全不感兴趣嘛！可我为何会喜欢上这样的人呢？

"我不相信稍微说会儿话就会耽误你太多时间。"

明里尽量让自己的声音保持冷静，她小心翼翼地说道。

"如果把花在聊天上的处理能力转移到其他方面的话，也许现在我又可以收获全新的灵感。浪费时间只会剥夺这种可能性，这并不是什么特殊的思维方式哦！我想今后你会明白的。"

"那如果我想问问题的话就可以吗？"

"因为解答问题是我的工作。"

"那从现在开始能麻烦您考虑一下我的事情吗？"

他的表情没有任何变化。

"说实话，我根本就没考虑过。"

"老师您还是单身吧？"

"正如你所说，但这属于私人问题。"

"听说您还没有意中人？"

"正如你所说，但这亦是私人问题。"

"如果我们能暂时共处一段时间，那你也许就会对我产生兴趣。关于这点，您怎么看？"

"有那种可能性，但根据我的判断没必要那么做，因为我可以利用那个时间做更多有意义的事情。"

不知不觉中明里痛苦地叹了口气，那种感觉就像肺部出现了瘙痒一样。

"我其实是想问诸如'工作和恋爱哪个更重要'的问题，但如果这样问的话，你肯定立马就会说出答案。不过现在我心里也有数了。"

"这种事情就应该什么时候说什么话，这只是一个在什么时间对哪个更感兴趣的问题，固定的答案是不存在的啦！我们都会有对工作感兴趣的时候，也会有对对方不怎么感兴趣的时候，难道不是吗？"

"那老师您对什么最感兴趣呢？"

"获取信息，通过咀嚼在其基础之上再生产新信息。我希望，这一过程能提升自己的能力。"

"那所谓的'他人'又该如何与之建立关系？"

"对我来说这不需要。"

"那幸福在哪里？"

"我的生活不是为了获得幸福，以幸福为目标的人生太空虚。所谓的目标，应该更细化才对！"

"获得幸福难道不是目标吗？"

"对，不是。"

"您打算一直这样下去吗？"

"是的。"

"我觉得不会有人跟你产生共鸣的。"

"我不打算跟人或让人跟我产生共鸣。"

"欸？"

"在我看来，个人共鸣根本没有任何价值，被普遍传播的也就是道理及其延长线上拥有绝对值的成果而已。"

明里沿着大路往前走，然后独自走进了一家咖啡店，此时，她才算完全放心了。

咖啡端上桌后，明里并没有往杯内添加一直都会放的砂糖，她试图通过苦味的咖啡中和心中积聚已久的苦痛。

"我的人生不需要你。"

到头来，他原来是这个意思。

这还是第一次有人如此明确地对她说出这样的话。

不，这不是第一次……

从前那些人只是没有用语言表达出来罢了。她曾经被无数类似的拒绝包围过，这种时刻并不陌生。

明里支起胳膊，用手抵住额头。

立在椅子旁的雨伞滑落在地。

她觉得自己喜欢的人也同时喜欢上自己是永远也不会发生的奇迹。

广播中突然响起一首极其悲伤的三拍曲目，明里知道那首歌，是小岛真由美的《初恋》，这正好是明里当下最不想听到的歌。

虽然很想起身出去，但又无奈筋疲力尽。

此时，明里的心情低落到了极点。

好想见面啊……

明里如是想。

和谁见面？

明里不清楚。

虽然一直拖到很晚才参加就职活动，但最终总算成功找到了工作，贵树是在秋末时分才被录用的。

通过指导教授介绍进入的这家公司是一家位于三鹰市的软件开发企业，主要通过接受订单、设计程序、制作完成、缴费进账来盈利。

他的职位是系统工程师，从狭义角度来说就是系统设计师兼销售，但因为公司规模尚小，所以贵树还兼做程序设计员。

虽然这是一家知名度不太高的中型企业，但因为长期以来脚踏实地的成长作风，所以在业界的评价非常高。贵树能进入这家公司工作，大家都称赞他说"运气真好"。

就连贵树也认为自己的运气很好。

因为他有非常明确的目标，那就是进入这家公司，并朝着程序设计员的方向努力工作。

在大学做研究时，贵树常常会用到电脑，所以也积累了一些肤浅的程序经验。但是，如果要把程序当作工作来做的话……

"这不是我的专业领域。"

贵树甚至这么想。

能接触到这个行业，只能说自己运气好。

在被分隔出来的自己的办公区域里，贵树只要一直注视监视器就可以了，商谈可以通过电子邮件完成，更不用浪费时间去经营无聊的闲谈和各种人际关系……这种干巴巴的理由还是挺多的。

但是比起这些更让贵树兴奋的是，只要一直积累"记述"，然后通过积累的记述完成单一动作构造的那份感动。

就连他自己也没有想到自己会这么执着于工程学。

把自己埋进箱子内。

把自己埋进亲手写出来的文字里。

把自己一点点切割后不断地埋进箱子内，然后它们会开始发起动作、增幅，独自动起来。

那种连续令人沉醉。

桌面上设置的箱子和窗户宛如一个独立的世界，显示器的对面有一个法则不同于此处的另一个世界。

把手伸向那个世界，可以按照自己的喜好编排里面的东西。即便是不存在的东西，也可以通过自己的意志和劳动创造成存在的东西。

不知从何时起，贵树对自己的工作有了一种在空无一物的原野建造宝塔的印象。或者说,是一种创造架空动物的印象。

自己可以造物。

下次可以创造出更庞大的东西吧?

这种实感令人欣喜若狂。

自己身上掌握的新技术的手感和快感。

想象。

实现想象。

在那个过程中磨砺自己。

所有的一切都在绽放光辉。

为创造出来的东西感到骄傲。

自己正在不停地进步,今后还会继续进步。自己正在向前迈进。

在日复一日的时光里,他全然沉醉于这一实感当中。

再高一点。

向更高的地方迈进。

贵树满脑子都是这些东西,两三年的时间转瞬即逝。

当贵树察觉到时,他已是公司内部技能最高的人才。

虽然贵树很开心,但随后他感觉自己身边的噪声开始增多。尽管努力将其甩掉,并尽量与之划分界限,但却只是徒劳。

因组织"瓶颈"而无法继续上升的现象越来越多,他痛苦地意识到周围低水平的人成了自己的绊脚石。

分明想要伸手触碰更高的地方，但却无奈被天花板阻挡，腿上还绑有重物。

明明可以去更高的地方。

这种压迫感令他无法呼吸。

没有任何事情比止步不前的工作及毫无上进意识的工作伙伴更让贵树郁闷。

他发现，越是意识低下的人越有不愿意承认自己在整个团体中拖后腿的倾向。最终，他们只会以能力低下为托词。

他感觉自己前进的道路被周围落后的跑者给堵塞了。

他们为何不想前进？

那他们又是为了什么而活？

至少不要拖我后腿啊……

"因为有些人害怕一口气跑完最短的距离。"

他非常罕见地将这股郁闷如实地告诉了水野里纱，然后她用柔和的气息说道：

"大部分人都喜欢故意走远路，一边感受双脚疲劳的实感，一边慢慢理解回味。即便别人教的东西是正确的也无法接受，他们只能接受自己发现意识到的东西。这样的人大有人在，这不是我们可以左右的事情。"

这样被她温柔地教育了一番后，他瞬间没了气力，但心情轻松了很多。

不知为何,她的声音及说话方式起到了不可思议的作用。虽然在毫无改变的情况下继续工作时,依然会有各种让他郁闷的事发生。

只是,水野里纱在说这番话时,脸上带有些许悲伤,这让贵树十分在意。

"——是系统部门的远野先生吧?"

某日,水野里纱在新宿站站台突然向贵树搭话。事后回想,这还真是一个十分罕见的行为。

按照贵树的判断,她应该不是那种会和稍微有点面熟的人搭讪的人。

"呃……是的……"

因为突然被搭讪的关系,贵树显得有些惊异。

通常来说,外人跟自己搭话的话不是想做街头问卷调查就是推销,像这种连姓和工作部门都能说出来的情况从未见过,因此贵树着实吓了一大跳。

他花费了数秒的时间用来回忆眼前这个女人。

在这期间,贵树错过了原本要上的电车。但还好只是刚看完电影准备回家而已,没有太误事。

水野里纱是一名在客户公司上班的女职员,也是直接负责贵树的工作的男职员的助理。

要说接触的话，顶多也就是交换过名片，在业务上稍微打过交道而已。

令贵树感兴趣的是，如果换作自己，像这种不太熟悉的人，即便在大街上看见也不会特意跑来打招呼。因此，对这种能够坦然面对的人，他产生了些许兴趣。

因为假期没什么特别的安排，闲来无事便来新宿闲逛，但也许是出于偏见吧，对于女性来说这种行为还是比较罕见。

贵树非常礼貌地邀请她去喝茶，水野里纱嫣然一笑，点了点头。

那个笑容在记忆的角落里依然历历在目。

两人从东口出来后，在面影屋内喝了大约两小时的茶。

整整两小时，话题从未中断。

贵树心想，和一个人闲谈这么长时间应该还是有史以来的第一次吧！

贵树和水野里纱非常热情地聊了很多话题。

在很多事情上，他们的看法都是一致的。虽然也有几个意见有分歧的地方，但水野里纱的意见总是那么发人深省，即便不赞同也足以赢得对方的尊重。

有内涵，有触感。贵树很久没有跟这样的对象交换意见了。

其实，自己是想和别人说话的，只是自己从未意识到罢了。

或者也许只是一直尽量让自己认为自己不想和别人说话。

对于自己，贵树如此思考着。

最后几乎聊到嗓子干痛的地步！贵树一直认为现实生活中不存在说话说到口干舌燥的现象，那只是电视艺人为了凸显自己的口才而编出来的谎言，但今天看来，原来这种现象是确实存在的。

只要有可以交流的对象，贵树就会有很多话想对对方说。

他意识到，像这样充实、新鲜且快乐的时光已经很多年没有经历过了。

只是，有一件事贵树很在意。

那便是水野里纱让贵树试着猜测关于自己的一些事的游戏。

"如果你能猜中的话，那就请试试看吧！"

水野里纱看似轻松地说道，但她也许小瞧了贵树的猜测能力。

贵树咬住嘴唇，目不转睛地注视着眼前这位玩弄着吸管且很适合戴眼镜的女人。

诸如有无兄弟姐妹这种问题即便首次见面也可轻易猜中。另外，关于对方是老大还是老小、有兄弟还是姐妹的问题也只须稍稍聊一下便能大致猜到。

没有姐姐。

应该也没有妹妹。贵树感觉不到她的成长环境中有相同年龄层的女性。

而且也没有弟弟。通过她与男性接触时的气氛，贵树基本可以感受到。

"如果你不是独生女的话,那你应该有个跟你年龄差很多的哥哥。"

虽然这只是贵树瞎蒙的结果,但在他说出这句话的瞬间,水野里纱明显有所动摇,她内心深处最深刻的一点似乎被贵树触动了。

水野里纱仿佛在努力压制那股动摇的力量。她隐藏得很好,只是贵树在看破这类事情上经验丰富。

贵树评价她是一个隐藏了很多事情的人。

"……猜对了。"

水野里纱强颜欢笑地说道,但并没有指出是哪句猜对了。

她发问道:

"你对探究人类很感兴趣吗?"

贵树笑了笑,没有回复。其实恰好相反,正是因为对一个人完美不感兴趣也没有任何留恋,他才能如此类型化地去理解。

他之所以会对顺便邀请一起去喝茶的水野里纱产生浓厚的兴趣,那是因为他与那种"想要隐藏什么的感觉"产生了共鸣。

这是拼命想从什么东西上转移视线的气氛。

也许是在那里产生了连带感吧!

两人交换了电话号码及邮箱地址。从那以后,两人几乎每周都会见面。

经历了几次约会后,"我想参观一下水野小姐的房间哦!"

贵树说。

"……好啊!"水野里纱回答说。

<h1 style="text-align:center">16</h1>

水野里纱的房间像模型一样非常干净。

虽然地板的面积不太大,但就像尽量不将东西放置在内一样,给人的感觉却很宽敞。

屋内有一个装有百叶窗屏障的大壁橱,貌似那些零零散散的东西全都被放在了里面。

壁纸是白色的,家具和隔扇都统一采用了实木的风格。胡桃色的地板被上了一层蜡,看上去非常漂亮整洁。尽管厨房经常被使用,但却打扫得闪闪发光。

稍后贵树才知道,原来水野里纱有每日精心制作食物的习惯。与其说是习惯,倒不如说是信念。

巡视完一圈后,可以看出水野里纱在整理自己的空间这件事上定然花费了不少精力。贵树想,这与生活得乱七八糟的自己正好完全相反。

家具有颇具古典特色的床、写字台及椅子,但没有沙发和茶几。

总之，这是一个并没考虑过如何接待客人的房间。

贵树经常造访之后，水野里纱在屋里添置了茶几和坐垫。

贵树评价说感觉很好。房间果然需要人气，贵树对这个房间的主人持有好感，并且心情愉悦。

"在这里稍微工作一下可以吗？"

第一次来水野里纱家的时候，贵树突然很想尝试在这里工作。他一边取出笔记本电脑，一边冷不防地询问道。

听到这个询问，水野里纱倍感吃惊，虽然有点生气，但她最后还是做出了放弃的表情。当这些情感在短时间内全部浮现了一遍之后——

"啊！请！"

她的语气中透露着一股破罐子破摔的气息。

但是，当她看见贵树心情舒畅地敲打着键盘，心情发生了一丝变化。

贵树用极其轻松的心情暂时处理了一些公务。但在工作的同时，他竟然还哼起了歌，这真是桩罕见的事情。

"但是，我当时真的很吃惊，至今仍然难以置信。"

睡过几次后，水野里纱这样说道。

"我一直认为没有人会喜欢上我，我也从未想过自己可以这样与人接触及被接触，因为我一直认为这种事不会发生在自己身上，我只会一个人生活下去，得不到任何人的关爱。"

"似乎并非如此吧？"

"可以再稍微接触一下吗？"

说完，贵树把脸贴向了她。他认为这时她战战兢兢的感觉十分新鲜，而且同时还具备一种不可思议的即视感。

"你的体温让我超级安心，骨头的触感也是。"

他想，确实如此。

记忆在一瞬间闪过，记忆中似乎有种无法抓住的东西带给了贵树共鸣。

水野里纱已经无法忍受贵树房间的杂乱。

"可以整理一下吗？"

"不行。"

为什么呢？随着年龄的增长，贵树越发变得无法整理。

给每件物品决定位置并将它们放回固定的位置，这难道不是一项没有任何意义的工程吗？而且，假如是他人帮自己整理的话，什么东西放在哪个地方会变得全然不知。

"为什么会有这种东西？"

厨房那边传来了水野里纱的声音。

在完全没有使用过的干净厨房前，水野里纱右手拿着料理钳，左手握着陶瓷茶杯。

你分明不管怎样都不会自己下厨做饭，但为何会拥有如此漂亮的东西？——她似乎对这个抱有疑问。

"啊啊！那是种子岛钳和种子岛陶瓷啦。"

水盆下还有种子岛菜刀，虽然从未用过，但却拥有。来东京时，从岛上带过来的。

"一直到高中毕业，我都在种子岛。"

"种子岛？那个制造大炮的地方？"

"是的，就是那个制造大炮的地方。"

"原来远野君是在岛上长大的，但我从没察觉到。"

"也没有在岛上长大啦！我是从初二开始移居到那边的，但那里让我养成了假如刀具不是高品质物品的话就无法安心的性格。"

"你说的种子岛是鹿儿岛吗？"

"是哦。"

"但远野君不会给人南方人的印象哦。"

"那是什么样的印象？"

"更偏北方的印象，有种下雪的感觉。"

贵树笑了，他从水野里纱的手中接过杯子，放在托盘上。因为热水沸腾似乎还需要点时间。

"种子岛就像这个茶杯，是红色的。"

"红色？什么是红色？"

"土。"

"土？"

"所有的土壤，因为土壤中含有大量的铁，这跟血为何是红色的解释一样，所以种子岛的陶瓷是红色的。从前那里是铁制品的一大生产基地，嗯，不过现在也依然是。"

"也做菜刀吗？"

"是啊，你不知道吗？种子岛菜刀，这可是特产哦！"

"我还真不知道。"

"虽然都说种子岛以前是制造大炮的，但并不是因为那里是发源地，而是因为在种子岛大量生产了很多，其实这个理由更充分些。"

在说这番话的同时，贵树竟有些落泪。

时至今日，回首过往，竟意外发现种子岛的生活也还不坏。

不过，直到现在贵树才意识到。

那日，水野里纱在他家住下了。看着她把额头靠在自己肩上呼呼大睡的样子，贵树觉得实在不可思议。

这个女人毫无防备地睡在自己身旁，这种状况贵树从未想过。

迄今为止和好几位女生交往、分手，都没有产生过这种感觉。

太粗心大意了。

如此令人担忧地轻易卸下了防备。

人，竟然可以在他人面前如此不加防备。

贵树对此震惊不已。

记忆中不曾出现过能够在自己身旁如此安心的人。

安睡的呼吸声犹如此起彼伏的海浪。

贵树产生了仿佛沉浸于那个令人怀念的小岛之中的错觉,在短暂的时间内,他很快乐。

15

保守来说,明里的就职活动十分艰难。

当下正值十年不景气时期,所有企业都不接受应届毕业生,而没有特殊才能的文学系女生更是风口浪尖上的冷门。

只是,因为周围的气氛及班主任老师都曾一直嚷嚷眼下就职困难,所以明里也做好了心理准备。从那边的说明会到这边的考试,明里就这样东奔西跑地进行着自己的就职活动。

(……大学四年就是延缓偿付期这句话是谁说的嘛?!)

明里从未经历过这样忙碌疲惫的日子,就连高考也不曾到这种程度。

但即便如此,最终还是被一家正在东京市内筹备大店铺的连锁书店录用了。

虽然不是顶级大型企业,但也可以与二三级企业相抗衡。总之,也算是个大企业吧。

起初进店铺做店员，每天被大量图书所包围的工作环境也与自身的理想非常接近。

转眼一年过去了，明里通过这份工作熟悉了包装、书架、收银、人际关系。

已经两年了，在店铺工作后的第四年可以申请变动期望岗位，成为见习采购员。

明里并不是单纯因为喜欢才努力工作，而是想认认真真将卖书作为业务来学习。

就连个人完全不感兴趣的领域的图书及周刊杂志、聊天杂志、男性杂志，全都阅读了一遍。

明里拥有先收起个人兴趣，将工作视为项目仔细思考的能力。并且，对于需要这本书的读者亦是如此。

也曾几度遭遇了惨痛的失败，甚至被狠狠地斥责了一番。在很长的一段时间内，明里都几乎无法重新振作。

可就算如此，她喜欢书、喜欢读书的性格依然如故。

尽管工作并非一帆风顺，但即便这样明里还是十分快乐。

她对与书籍相关的一切事物都有纯粹且浓厚的兴趣，可以置身于这样的工作环境当中，明里打心眼里为自己欢呼高兴。此外，能将自己认为优质的东西传递给世人，她很欣慰。

岗位调动后，人际关系瞬间变得宽广起来。

在店铺工作时，交流的对象只能是"多数不特定的客人"，但自从做了采购这份工作后，客户公司等"知道长相及名字的人"竟呈现急速增多的趋势。

从该意义来看，相反地，现在的岗位提供给了明里更为广阔的世界，和那个也是在成为采购员之后认识的人。他在一家出版社做销售。

在企业做销售的人大都散发着一股独特的气质，这是明里进入社会之后才渐渐意识到的事情。

也许，这是一种魄力十足、虚张声势且重要的职业。

"我'可以'做到！"

明里心想，将这一印象像铠甲般穿在身上的人应该有很多，但那一定很累吧？！为此，她深表担忧。

"真的已经很累了呢！"

那个人认真地说道。

"因为完全不处于自然状态。当然，习惯了之后就会无意识地完成，但不管再怎么习惯，这和处于拥挤的电车中会产生疲劳感是同一个道理，最后还是很辛苦。"

在工作场合见面时，分明给人的是一种"可以做到"的印象，但私下见面时，精神状态就会变得很松弛，明里觉得这有些滑稽。

他看上去很有素养，不太贪婪，也不坏。

虽然这个人比预想的要笨一些,但给人感觉很坦诚。这里的笨并不是彻底的贬义词,而是指他那傻愣愣的样子很招人喜欢。

明里想,也许他的私生活如工作一样具有规则性,而经常见面可能会让对方十分疲惫。

"筱原小姐是很适合恋爱的人哦!

"给人一种谈过很多次美妙恋爱的印象。"他说。

"没有这回事啦!"

"我觉得不是没有那回事哦。"

"当然,应该也经历过几次痛苦的恋情。"他继续说道。

"那些经验及体味过的各种事情,我都一件一件牢记于心,感觉自己丰富了很多哦。"

明里想,真是个坦率且稍微幼稚的人。但是实际上,这种奉承方式也并没有让人太过反感。

14

这种关系持续了约两年之久。

由于两个人的工作都很繁忙,所以常常只能晚上见面。每到办公室窗外一片漆黑的时候,贵树就会想起水野里纱。

通过邮件联系彼此、约会吃饭、喝一点酒……诸如此类的事情很多很多。在现在已经消失了的中野酒吧"上海 Doll"里，贵树坐在吧台旁喝威士忌，水野里纱则会喝白兰地酸味饮料或鸡尾酒。

"远野君小时候是个怎样的孩子呢？"水野里纱询问道。

"很普通的孩子哦。"

"骗人！"

"一定要说的话，就是个经常转学的孩子吧！"

"因为父母工作的关系？"

"对。"

水野目不转睛地注视着被灯光照耀得五颜六色的酒瓶，小声嘟哝道：

"真好啊……我曾经也很想转学。"

贵树惊讶地反问说：

"为什么？"

"因为可以重新开始啊！自己的印象以及固有的评价之类的，那时候总想把这些都化为零，重新开始做做看。"

"大部分时候都很辛苦哦！"

"是吗？"

"因为在已经完成的人际关系中，我就是作为异类被加进去的。"

"小学时，班上来了一个转校女生，她长得很漂亮，非常受大家欢迎。虽然有很多人都对她心生妒忌,但喜欢她的人远远多于前者。"

"你们是不是都没见过那个女生粗心大意的时候?"

"欸?……嗯,也许吧!"

"她很聪明喔!我认为那个女生心里定然会非常紧张。"

"远野君也是那样吗?"

"这我就不知道了,别人的看法我无从得知。"

"那有没有被欺负过呢?"

"……是啊,这我倒记不太清楚了,因为经常转学,所以我已经习惯了如何融入新集体吧!"

两个人并排行走在回家的夜路上,水野里纱说:

"我很怕生。"

"我知道哦。"

"可不知为何,在起初面对远野君时我却没有紧张。"

水野里纱突然抓住了贵树的手腕,然后一边行走一边将半个身子倚靠在他身上。

"怎么办……我真的很喜欢远野君。"

贵树并未回答,只是羞涩地笑了笑。他一边感受着里纱的味道及她的头发与自己的脖颈触碰在一起的感觉,一边望着前方继续前行。

但他那个羞涩的笑容完全是"装出来的"。

"我也是哦!"如果刚才这么回答的话那该多好啊。

可是,为什么呢?为什么没有说出这句话?

水野里纱一定发生了什么事,而且她那段时间经常遇到那件事,贵树感觉到了,但更多的是担忧。

抱着她时,这件事瞬间清晰明朗起来。

一天深夜,睡在贵树公寓里的里纱突然像小孩一样开始哭泣抽噎。

贵树惊讶地睁开双眼。

"你怎么了?"

翻过身后,手搭在里纱的肩膀上,就像触碰到了按钮般,里纱蜷缩着身子眉头紧锁地痛哭起来。她一边哭泣,一边抽噎,然后断断续续地说道:

"我梦见哥哥了,哥哥站在月台上。"

贵树坐起身,看着水野里纱。她把毯子拉至身旁,仿佛想要压制住自己不停抽搐的身体般紧紧地抱住了自己。

哥哥?

贵树来到厨房,接了杯凉的矿泉水后,托住水野里纱的后背帮助她平坐起来。然而,水野里纱此时连水都无法喝下。

贵树只是默默地望着她,除此之外,还能做些什么呢?

在较长的时间内,水野里纱都像在打嗝般持续着微弱的呼吸。

贵树什么也没多问。

突然,用手抵住额头的水野里纱开始说话了。她的呼吸声断断续续，而且一直在颤抖，声音亦是如此。她的说话方式几乎与自言自语没有差别，所以贵树有很多不明其意的地方。

水野里纱的哥哥在她读初二时从车站的月台上跳向了飞速驶过的电车。

推测是自杀。

"从那以后……就不行了，完全不行了……"

自此之后，水野里纱的人生齿轮便失去规律开始凌乱起来，向周围环境及人际关系妥协后赢来的"做得很好"的回路突然也崩溃了。

自打那起事故发生后，水野里纱成了一个不管到哪里都无法找到自己容身之所的人。

她诉说着自己被大家孤立的凄惨的学生时代，每天过着无人关注的日子。

这些用颤抖之声讲述出来的话语，即便只是听听都能让人产生胃凉的感触。

贵树突然想起同事长谷川不知何时对自己说过的话。

按照他的说法，对于弟弟妹妹来说，哥哥的死与其他家人的死相比具有不同的意义。

因为长谷川在人事部门就职，所以每当公司职员身边发生不幸，他都要前往处理探望。也正因如此，他才注意到在兄弟姐妹当中，兄长的死带来的创伤最深刻。

在目睹亲人死亡后因无法振作而影响工作的情况常常是因为死者是兄长，而不是自己的父母、弟弟或妹妹——他说过这样的话。

因为贵树没有兄弟也没有姐妹，所以在听到这番话时，也只是觉得"原来如此"。不，不仅如此，他甚至心想"不大可能吧？"换言之，他认为失去兄长的痛苦应该和失去身边的其他人是一样的。

然而，就在此时，他突然深深感受到那家伙说的也许真是实情。

或许，长谷川想说的是，比起父母，兄长与自身的亲近程度及对自己人生的重要性要远远大于前者。作为一个平衡器，被托付的东西太沉重了。

水野里纱依然在颤抖，她蜷缩着身子不停地呜咽着。

越是那些经历过亲人离世的人，越会沉重地在现实中安定，就像重力变强了一样。

贵树随着对这些事情的理解体味，会变得越发成熟。针对自己身旁发生的几次类似的死亡事故，他开始慢慢思考。然后，发现自己在一点点变沉重。

贵树沉默不语。

围绕在耳边的荧光灯发出的细微的噪声让头脑有种麻痹感。

对因为梦见兄长而哭泣的里纱，贵树什么也做不了。

但是，他应该知道要做什么。例如，抱着她的头，安抚她说没有关系。分明应该这样做，而且只须做点如此简单的事情，她的心情就会好很多。

可为何连这种事都无法做出来呢？

还有，水野里纱的哥哥在纵身跃下月台的瞬间，到底看到了什么？

13

下次见面之时，水野里纱的情绪已经完全安定。虽然内心还是有些忧伤，但至少外表看上去已无大恙。

所以贵树只能当作什么也没发生地跟她聊天说话，只是，伸手触碰她时，会比以前温柔些。

工作的繁忙程度可谓史无前例。

假如专业技能够强，对工作又怀有积极向上的态度，想要提升评价并非难事。但结果是，很多其他同事无法解决的棘手程序全都推给了贵树，而且这种循环一直在持续。

贵树不太喜欢抱怨，他就像地铁工程的盾构法隧道施工机一样任劳任怨地解决着眼前的难题。

最后，送给贵树的是被大家认为的"公司里最沉重的工作"。

其实，这个企划在贵树进入公司之前就已诞生了，但迄今为止连目标地点都还没确定，谁也不知道这项企划何时才能完成。

这是一份类似为了填埋一个坑，而用挖掘另一个坑的土进行填埋的工作。其目的就是要铺设平地，因此这种工作大家都不看好。

贵树坚强地忍耐着，而工作则一直都在持续推进。

"好重……"

贵树突然嘟哝道。

虽然繁重的是程序处理这项工作，但自己的声音却沉甸甸地响彻全身。

身体很重。

手举星巴克纸杯，试着喝了一口，但没尝出任何滋味。

将身体重量全都倚靠在椅子后背之上，然后伸了伸懒腰。

哎呀！想。

这不是头脑疲惫，与身体疲惫也不太相似。这到底是种怎样的感觉？

贵树伸长颈脖，痴痴地望着天花板。

这是什么？

他开始试着搜索词汇。

"痛苦……"

他嘀咕道。

对！这才是正解！！

为何会如此痛苦？

贵树闭上双眼,深吸了口气。

然后肌肤似乎感觉到了什么。

感觉到的是只存在于自己周围的比 1g 还要沉重的重力……

这里到底是哪个星球?

随后,重力越来越重。

有种无法动弹的预感……

是的,一定是被绑住了。

贵树明白了,原来自己是因为被绑住了才倍感痛苦。

哪里被绑住了?

对,事到如今仍未察觉到底是哪里被绑住了。不,应该是假装未察觉。

一到这里,就会感觉自己被迫减速了。

而自己的速度则早已变得非常迅速。

周围太重了,太慢了。

不尽早离开的话,自己会变得无法动弹。

因此,需要尽早离开。

借助意志力撑开眼皮,不能继续待在这里,这里是沼泽,如不迈开双脚向前行进的话,就会彻底沉没下去。

大事不好!

不尽快解决这项工作的话,自己将无法再度向前行进。

这个程序的胜利条件是错误的,当然,目的地也不可能准确。必须重新设定,适当缩小,使向量一致才行。不计其数的引擎被吹散至四面八方,但都没有通过已形成力的中心线。

贵树猛烈地敲击着键盘,花费了半日时间做出了一份三百六十度改变程序的改造方案。尽管这是逾越职务的行为,但事实上远不止这些。他在此基础上,用全新的方法论进行了处理。

他直接向上级提交了比较数据。

如按之前的方法推进,这份企划将永远无法实现任何目的。

然后则只能无法实现任何目的地长年累月地劣化,最后在空中分解。

也许是因为措辞不当的缘故吧,贵树的提案被强硬地拒绝了。

这不可能会是玩笑,因为没有人会明知船要沉没,却还继续往上登。

这是填坑,还是趁船沉没之前匆忙赶至目的地,并从船上迅猛逃生?

看来还是自己游泳比较靠谱些。

跳过顶头上司,他直接向事业部长提交了相同的资料,并要求转换方针。

但他得到的回复是——不要引起斗争,踏踏实实工作。这是一个胆小怕事的回答。

贵树用自己独特的方式擅自进行着工作,并多次将做好的高效率比较数据提交给好几个其他部门的领导,但反响并不称心。

实在忍无可忍了。

"请做个选择!"

某日,贵树站在事业部长的面前,面无表情地说道。

他给出的选项是要么让他退出这项工作,要么全面改变方针,如果两项都不行的话,那他就选择辞职。

事实上,这就是所谓的威胁。当然,他的这一行为引起了上级的重视,经过讨论,公司决定全面采用贵树的计划。

做出这项合乎情理的判断的人依然稳稳地坐在上层领导的位置之上,所以贵树稍微可以放心些了。如非如此,即便辞职他也没有一丝遗憾。

起初拒绝贵树的新计划的上司被调走了。

实际上,程序小组的所有行动都在贵树的主导下进行。经过几次会议之后,工作开始以前所未有的速度推进完成。

贵树对这种状态深感满足。

但是,那只是最初的感想。因为撇开上司后,工作就得靠自己计划指导,而且还需要承担起相应的责任。不过这些都是情理之中的事,他可以理解。

但接踵而至的是其他一切事情,包括至今为止不用承担责任的事情也被推在了贵树身上。

比如说,把几个个性不一的人会聚到一处,同时使用。

虽然自己也知道这个想法有些任性,但他这种异类生物确实很麻烦,调整琐碎的人际关系,提交文件申请,各种杂事……

程序正在以惊人的速度加速推进,现在亦是如此。公司对这一状况也深表满意,每次报告进展状况,贵树都会获得一些诸如"你是对的!你做得很好!"的赞扬。

然而……

贵树本人却承载着好几份繁重且耽误进度的压力。

他想试着忽视这些"重物"。

他不愿意承认自己"变慢"的事实。

不管有多少杂事,贵树都绝对不会减轻每天给自己布置好的工作量。

即便去水野里纱家,他也常常在那边继续工作,而且这种现象越来越多。

他时常沉默不语地连续工作好几个小时,甚至有好几次都全然忘记了里纱的存在,当里纱与他搭讪,他才慌张地随声附和。

如今回想起来,也许自己欠缺的并不是别的,而是对日常生活价值的感受。

贵树几乎从未向里纱抱怨过工作。

"即便不想说，但还是说说看吧！"

被里纱这样强迫后，他才第一次说了出来。

贵树不知道水野里纱为何要勉强自己谈工作，因为即使说出来，现状也不会得以好转。

他可以理解到的是，也许说出来心情会舒畅些，而且周围的人也能放心。

然而，贵树并不这么认为。

"你就不能在幸福的时候展现幸福的笑颜，在不幸的时候表露不幸的表情吗？"

水野里纱说。

如果展现幸福的笑颜，周围的人即可得以安心。如果表露不幸的表情，周围的人则会深表忧心。

总而言之，这应该是周围人的问题吧！

贵树认为这并不是自己的问题。

"远野贵树应该再多流露出一些情感"——如设定这样的问题并以此为基础,其实被询问的并非贵树的内心,而是周围人的内心。可是，贵树对这些毫无兴趣。

如果可以，他希望能独自面对自己的内心。

"我终于明白了。"水野里纱说。

"明白了什么？"

"之前你不是说过吗？转学根本没什么。"

"嗯。"

"你说你一般都可以很好地融入当时的环境。"

"是的。"

"那是因为你觉得即便不被理解也没有关系，对吗？"

贵树心想，也许是这样吧！在根本就不在乎的人面前，把自己的性格变得完美无瑕可以说是易如反掌。

"只有气味。"

水野里纱说。

在你心里只残留着某些重要事物的气味。

有人取走了存放在那里的物品。

所以我只能在那个空宝箱内倾听自己的叹息声。

深夜，梦到了孩童时代的事情。

那是一个充满悲惨回忆的梦境，正值学校课堂分组，但哪个小组都不愿意贵树加入。

贵树在悲凉的心情中醒来，那种心情仿佛有个刷子正在胸前不断搅和。有那种事吗？贵树想不起来。

……不，在很小的时候确实发生过这样的事。那还是在自己非常幼小的时候。

洗脸时，贵树喝了一口带有漂白粉气味的自来水，突然……

（水野里纱也曾有这样的经历吧？）

这一疑问闪过脑海。

也许，有吧！

这是几乎接近确信的推测。

或许直接当面询问的话，她会一脸忧伤吧！

"为什么要问这种事？"

她会这样反问吧？就连水野的语气，他都可以猜想得到。

对于里纱，他渐渐有了一些了解。

深入交往后，这也是理所当然的事情。

在了解对方的同时，自己也被对方所了解。

（被谁取走的重要之物。）

空宝箱。

水野里纱不知何时自言自语地嘟哝的这个词语突然浮现于脑海。

自己也能将封印在记忆底部的自己的过去挖掘出来。

恐怖。

为什么？

因为害怕那些记忆。

"我不想安定下来。"

位于洗手间镜子中的自己说道。

不想成为某人心中沉甸甸的存在。

那家伙说：

"我想去其他地方……"

他来到深夜的街道上，距离清晨还有好几个小时，他在住宅区中散步，除了街灯，再无其他任何发光的物体，包括星星。

行走在没有气味的街道上，他瞬间陷入了混乱。

为什么没有气味？

为什么没有绿叶、潮气与泥土混合的气味？

不过这些都是理所当然的，因为这里是东京。

贵树感觉自己处于严重失调的状态。

走到大路上后，他抬手拦了一辆出租车，然后坐到了公司。

切断保安系统，输入认证密码，从后门进入。虽然同事们常常吹嘘说这是一家"不眠的企业"，但此时此刻确实空无一人。

在没有照明的无人办公室里，他只打开了自己的荧光灯。紧接着，贵树打开电脑，在蓝白色监视器背景灯的照射下，开始独自猛烈地工作起来。他用自己都十分诧异的速度敲击着键盘，他沉醉于速度与节奏之中。"再快点！再快点！！"自己心中似乎有什么东西正在不断地催促。

不再快些就会被追上。

有手正在向他的肩膀伸来。

必须快跑！！这真的很恐怖。

虽然不知道自己到底在害怕些什么，但贵树必须快跑起来，并与他们拉开更长的距离。

然而，越是快跑，缠绕在身上的东西就会越多。

风越发强劲起来。

自己也许会拜倒在这强大的风压之下吧。

这就是恐惧败北的证据。

决不允许自己如此脆弱。

必须成为一个坚强的人！

必须让自己任何时候都游刃有余！！

12

自己被绑住了，自己不是那样的生物。

因为有太多的工作无法及时处理，贵树清晨很早就会来到公司，然后最后一个离开公司。

和水野里纱见面的时间减少了。

在公司时，贵树感觉自己依然在被减速、被消耗，摩擦抵抗也在显著加剧，这种感觉好似一边拉手闸一边踩加速器。

在只剩贵树的办公室内,他听着自己敲击出来的键盘声,突然,很想见水野里纱。

自己自身的那股情感开始猛烈发挥起作用。

恐惧。

自己对水野里纱的那份强烈的执着,以及对水野里纱的存在感到不安、不明所以的嫉妒,还有各式各样的噪声。

有时,贵树会像现在这样非常渴望与水野里纱相见。但这是为什么呢?这种感觉很是痛苦,甚至让人有种想要扼杀掉这段感情的冲动。

贵树和水野已经有两周没有见面了,于是,贵树去了很久没有造访的水野里纱家。

"我想买辆车,你怎么看?"

水野里纱冷不防问道。

"你有驾照吗?"

"嗯嗯,读书的时候就考过了,因为对就职有利嘛。"

"但为何如此突然?维护修理费什么的可是很麻烦的哦!"

大学时,贵树曾用做兼职攒来的钱买了一辆车,是辆铃木 Swift 二手车,在行车距离范围内跑得十分快。

于是,他独自一人环游了全国各地。因为可以直接睡在车内,所以无须担心住宿费。但最终由于无法承担停车费及车体维护修理费的缘故,一年后便卖掉了这辆车。

"嗯……清晨我可以开车送你去公司。"

"特意送我去？没那个必要啦！因为去公司只用搭乘一辆电车……"

"我想送。"

水野里纱打断了他的话，这和长期以来一直慢慢思考谨慎说话的她截然相反，这也是贵树从未听到过的严肃的说话方式。

"可以的话，我不想让你站在车站的月台上。"

对于这个带有微妙意义的理由，贵树假装没有听见。

"不用为我做到这种地步啦！只须帮我做饭，我就已经很感激了！让你如此忙碌，我一直都心感惭愧。要是再让你接送的话，你就变成我妈了！我很犹豫，如果是我接送你倒还说得过去。"

"喂！这不是远野君怎么想的问题，而是我想这么做啦。"

"买车原是你的自由，但让你接送的话我感觉不太妥当，所以不行！"

水野里纱的视线移至右下方，她的小虎牙正在轻轻咬动着唇边。虽然说不太好，但每逢水野里纱想继续说点什么的时候，她都会做出这样的举动。

贵树感觉自己已经安全杀出重围，很是放心。

"里纱，相反地，你没有什么想让我替你做的事情吗？除此之外，我已经没有什么想让你帮我做的了。倒不如说，我希望你能多要求我替你做点事。"

水野里纱的内心仿佛颤抖了一下,她惊讶地望着贵树。

与其说她对贵树说的话倍感惊讶,倒不如说她对自己的想法产生了动摇。

"远野君!"水野呼唤着贵树,"我有一个请求。"

"是什么?"

"只要一次就好。"

"嗯。"

"希望你对我说……"

"说什么?"

要是没听见就好了。

"说喜欢我。"

回到家后,贵树没有开灯,他打开笔记本电脑,打开了 Word 文档。

贵树的脸上有些惊讶,他在显示器上开始写辞呈……

也许,已经到极限了吧。

因为彼此都很繁忙,以至于贵树和水野里纱见面的时间在不断缩减。

有什么东西已经死掉了。

贵树有一半的意识正在躲避水野里纱。

大约从十月开始他们的见面机会就开始变少,事到如今已经过去好几个月了。

　　他收起夏天的衣物，拿出了冬服。

　　夜晚冰冷的空气让肌肤开始抽搐。

　　每天上下班，贵树都会将外套紧紧地裹在身上。

　　十二月十九日是里纱的生日，但贵树没有多想。为了避开日历，为了转移注意力，他移开了心中的那道目光。

　　下班后，从三鹰搭乘电车，通过新宿站检票口时日期发生了变更。

　　非常棘手的那项程序已经在三天前结束，但需要处理的剩余工作堆积如山。此外，他还要跟许多同事及上司见面、交接、寒暄，结果下班之后已是这个时间。

　　那日夜晚写出来的辞呈已提交。

　　只要处理好那些无须进展的工作及被安排的无聊业务，再有一个月贵树就跟这个公司没有任何关联了。

　　此时，没有什么特别值得感慨的东西。

　　除忍无可忍之外再无其他。

　　贵树的体重被缠绕在身上的疲惫加重，就连回自己位于中野坡上的公寓也想搭乘出租车，但看到出租车站排列的长队后，他在零点二秒后选择了放弃。

　　圈内的内线已经停运，贵树决定步行回家。而且，穿梭于新宿高楼大厦之间的感觉也没有太糟糕。

划分车道和人行道的街道树上挂有蓝白色的彩灯。

已经到了圣诞的季节,但贵树不太喜欢圣诞节。

然而,缠有如雪花般的细细光粒的树木从远到近笔直地排列着,甚是漂亮,他疲倦的心也因此得以放松。

贵树将手插在口袋里行走。

皮鞋敲击地面发出咯噔咯噔的声音。在西新宿空荡荡的大街上,他能感到足音响彻四方。

路过住友大楼时,口袋里响起了轻轻的铃声。

手机的颤音与尖端破碎的神经发生触碰,贵树止住了脚步。

戴着手套的手掏出了有点掉漆的 Willcom 手机。寒风吹过,虽然有手套的保护,但原本在口袋里焐暖了的手又被冷风吹凉了。

打开翻盖手机,他看见了来电显示。

是水野里纱。

贵树轻轻扬起头,望着眼前的高楼大厦,大厦的三角柱似乎被削去了棱角。

他抬头仰望那里的天空。

有白色的物体正在簌簌飞舞。

下雪了。

那是非常细腻的无法站立的白雪。

尘埃般的雪粒落在外套肩膀处,转眼便消失了踪迹。

乍一看，与寄生于高楼窗户之上的正在掉落的几粒光点非常相像。

手机振动的低音依然在持续。

贵树无法接听里纱的电话。

不管怎样，他的手指都无法移动。

里纱，我喜欢你！

这句话无论如何都说不出来。

但他分明是这样想的。

贵树自问，为何这种紧追不放的感觉与很久之前感受到的回忆如此相似呢？

不管如何探寻，都无法探索到重要之物的焦躁感……

然而，想把对方拥入怀内的心情变得异常激烈。

其中，伸手这一行为本身就很痛苦。

手机振动声停住了。

贵树心想，我为何如此无力？

我缺乏的是在这里安定下来的力量、为某人认真思考的力量、关爱他人的力量、借助自身肩膀稍微帮某人分担些许痛苦的力量。

为什么会缺乏这些力量呢？

什么火箭之类的。

简直就像没有引擎的汽车。

只能下坡。

话说回来，前提条件是必须在坡顶才能实现吧。

我的时间到底在何处擅自迎来了顶点？

这一顶点随着时间的流逝，慢慢地滑到了令人蔑视的岔路口吧？

11

傍晚，梦到了从前的事。

明里和他都还只是孩子。

一定是因为昨日发现那封信的缘故。

在两毛线的电车内，除明里之外再无他人。她就这样坐着，即便伸直腰也看不见包厢边上探出来的人头。

这个时间点总是这样。

除早晚上下班高峰期，搭乘电车的客人非常罕见。

电车向小山站方向缓慢地驶去。

其实也并不是太慢，只是因为景色流逝得很慢，所以才产生了这样的感觉。

被白雪覆盖的水田一边变换着微妙的角度，一边向后退去。

初高中六年，明里一直乘坐这条线路上学。

虽然满眼都是看惯了的景色及车辆，但感觉却存在些许不同，可能是因为自己的心情已经不同往日的缘故吧。

倘若在这被固定的硬硬的座位上长坐，姿势就会变得僵硬，所以明里只好将身体倚靠在窗户旁。没过多会儿，车窗玻璃就被呼出的气息蒙上了一层薄薄的雾。

所谓的懒洋洋，也就是这种心情吧？！

叹了口气，明里想用手撑住下巴，但当指甲碰到脸庞时，她感觉到了戒指上的石头。

明里想，这真是一种无以言表且坐立不安的感觉啊！

在她看来，结婚总令人觉得很奇怪。

自己坐立不安，周围人也坐立不安。

倒不如说比起本人，父母更是手忙脚乱。

明里这次只是回老家整理行李，完事就要回东京。分明只是这点事，父母却把它视为大事一般，一直将明里送到车站。

岩舟站的月台上雪花正在飘落，候车室的屋檐悬挂着冰柱。

周围宽广的田野被印染上了唯美的雪景。

父母二人都已年迈，也许扛不住严寒，所以原本说是目送就好，但实际上竟然跟到了这里！通过无人检票口，一直将她送至月台。

明里已经独自在东京生活了将近十年。

虽然明里只是回东京而已，但无论父亲还是母亲都把这件事情看得相当严重。

"一直待到正月多好嘛!"

母亲依依不舍地说道。

"嗯……但是还有很多准备要忙。"明里回复说。

"是啊,给他也做点好吃的吧!"父亲补充道。

"嗯。"

"明里,有什么事就给我们打电话哦。"

"你们不用太担心啦!"

明里苦笑了一下。

呼出的白气随风飘散。

周围都是雪景。

这种境遇场景如电视剧般。

虽然有种像电视剧里一样羞涩好笑的感觉,但她却感动得热泪盈眶了。

"下个月在结婚典礼上就会见面了,所以别太担心,外面太冷,赶紧回去吧!"

在说这句话时,明里的声音里透露着一丝苦笑的意思,同时还有些动摇。

坐在晃动电车里的明里跟着震动轻轻地摇动着。

左手无名指。

她至今仍然无法习惯左手无名指上戒指带来的感触,果然感觉还是很奇怪。

无名指是与心脏相连的手指,虽然有这种说法,但她确实感受到了。

(结婚啊……)

即便事到如今,也没有太过强烈的实感。

入籍、一起生活,这些事情是那么遥远、那么朦胧。除结婚典礼之外,其余事情都以现在进行时的形式现实地向明里袭来。

她甚至想,这也许是种逃避。

坐在发出金属碰撞声的车厢内,明里刚才一直在想的都是中学时代的一些过往,例如清晨为了赶到学校参加社团活动,起早搭乘几乎没有其他乘客的电车。

独自一人占领整个包厢席位,然后常常在膝盖上用便笺纸写信。

明里想起昨日傍晚时做的那个梦。

在积雪掩埋的站前的街道上,被深夜昏暗的路灯照得雪白的梦境。

在那束灯光下,在冰冷苍白空无一人的雪道上,有两行足迹正在走向黑暗,其中一个是男生,另一个是女生。

他和她都还只是孩子。

梦里的两个人很想早早长大,可眼下无法长大的现实让他们倍感厌恶。

一定是因为昨日发现了那封信的缘故。

这是第一封亲笔写下的情书。

无论之前还是之后,都只写过这一次。而且,这是一封没有转交给对方的情书。

它与那时使用的极富想象力的笔记本、喜欢的歌曲磁带及翻都不想翻开的毕业文集一起被放在了壁橱深处的那个空饼干盒内。情书在一个粉色的信封内,但一直没有开封。

打开信封后从头到尾阅读了一遍书信。但在打开之前,明里有些纠结,她想也许不读就那样原封不动地放在那里是不是会更好些。

她在自己少女时代的房间内通读了当年写下的情书。因为长期没有被使用,屋内的荧光灯出现了老化,把整间屋子都照得昏暗不清。读完信件,明里不知不觉地闭上了双眼。

有些甜蜜,有些羞涩。

颤抖的心将明里紧紧围住。

她回想起了几个场景。

两个人肩并肩靠在一起读一本书,从神社参道上奔过以及其他各种事情。

还有最后那日他搭乘的电车,而自己现在正乘坐在与那辆电车行驶方向恰巧相反的电车上。

虽然感觉电车前进的速度非常缓慢,但其实电车正以风驰电掣般的速度奔赴目的地。

明里稍微回忆起了那时的心情。

阳光穿过云彩，透过车窗照射进车内。

光线照耀在明里的脸上。

很刺眼。

她闭上双眼。

山脉的轮廓定然沐浴在阳光之中，折射出白色的光辉吧。

感觉到类似清风般的东西。

啊啊！

明里深深地吸了口气。

那种心情填满了她的内心。

10

贵树辞掉了工作，每天过着无所事事的日子。

一天的睡眠时间在十小时以上！但即便如此，他还是感觉睡眠不足，头脑依然昏昏沉沉。

醒来后，他会一动不动且两腿伸直地倚坐在墙壁旁，既不开灯也不听音乐。

外出的唯一目的就是购买食物，有时会深夜外出，有时则会在即将天明之时外出。贵树彻彻底底地放弃了从前有规律的生活，过着宛如负了伤的野生动物般的巢穴生活。

哪怕只是想象，贵树都会觉得筋疲力尽。

这样的生活维持了一个多月。

他终于意识到自己想要抽烟了，在不知不觉中，他已经连续一个月没有碰过一根烟。

然而，烟草并没有消除贵树的疲惫感，而且心在此时也跟着开始有些躁动起来。

他走至阳台，用打火机点燃了香烟。

贵树心想，好奇怪啊！吸烟明明可以让体内充满烟雾，但同时却可以让头脑变得越发清醒。

二月的天气让肌肤倍感寒冷，但他不想花费力气走回房间披件大衣。

指尖很痛。

他甩了甩拿着香烟的手。

贵树的视线向上移动。

他看见耸立在不远处的新宿大楼。

在全是灰色低层建筑物的宽敞中心地带，屹立着几座高度不一的四角宝塔。

它们就像耸立在草丛之中的笔直杉树。

云朵好似放电影般快速飘向这边。

突然,时间宛如被倒了带。

也许是因为自己宅在家中,内心期盼时间就这样慢慢停止的缘故吧。

因为迄今为止贵树一直都过着快进般的生活,所以或许是出于对时间的补偿吧。

从今往后,再也不去任何地方,什么都不会发生。即便地球停止公转自转,他也不会给予丝毫理会。

但是……这应该是不可能的吧!

不管怎样空转,不管怎样静止不动,一个月依然是一个月,一秒钟依然是一秒钟。

这真是个阴暗的结论啊……

贵树一边感慨一边深深吸了口气。

话说回来,假如时间能再快些就好了,因为他想在这一瞬间长大成人。突然,贵树清晰地忆起了相当久远的那件事。

那是什么时候的事?是在什么情况下才会想起的事?

这个瞬间,他想起了"那个梦"。

是今天清晨的梦呢,还是更早之前的梦?虽然不确定时间,但自己确实做了一个梦。

这个在醒后便立即从记忆中蒸发的梦,贵树总会在不经意间回想起来。在那个梦中,自己仍然是个孩子。

啊啊!是啊!好怀念啊……

这时,手机传来短信铃声。

在打开邮箱之前,贵树并不知道这是谁发来的短信,也不知道短信的内容是什么。

因此,想要摁下按钮必须有足够的勇气。

从阳台转身回屋。

手机在桌子上闪烁着橘色的光芒。

贵树非常紧张,因为自从搬到这里后已经很久没有收到过短信了。也就是说,他不想与其他人接触。

他一动不动地注视着手机,他试图通过这种方式让自己的时间静止,让所有一切化为虚无。

但是,橘色的警示灯却好似在提醒贵树时间的流逝般,持续不断地闪烁着……

贵树拿起手机。

翻开手机的盖。

摁下按钮。

短信文字飞速地冲击着他的视神经。

贵树发现,他有部分意识正在拒绝认识这些文字。

文字这样写道:

"你好！远野君。

"好久不见。

"你还好吗？

"虽然纠结了很久，但有件事情我无论如何都想告诉你。

"我感觉有时远野君的视线掠过我和窗户的景色及桌上的食物时，总在看一些概念上的或者说观念上的无形的东西，我只知道这些。只是，我感觉你在透视某物的同时，也在让自身变得透明，并渐渐消失。"

这条短信很长很长。

贵树一行一行地阅读着。

读完后，他扬起脸。瞬间，视野中的一切仿佛退去了色彩一般。

虽然明知事情会变成这样，但他还是希望"此时"不要这么快到来。

自己的房间以及构成自己生活的所有物品突然都被蒙上了一层尘埃。

包括褶皱的衬衫、浴室的牙刷、手机电话本。

这一切都传达了一个意思，那就是"她已经不在了"。

贵树拉紧大衣衣领，穿上靴子后走出了公寓。

铁门关闭时发出的破裂的金属声传至耳内。

而冰冷的反锁声则响到了心底。

贵树摁下按钮，等待电梯上来。

看着一层层上升的楼层数，一种压迫感紧逼而来。

厚重的自动门向两边打开,这个无人的箱子再次伤害到了贵树的心。

在下至一楼大厅的短时间内,贵树连站都站不起来,他只能倚靠在电梯的内壁上。

耳边传来了马达驱动的声音……

这是金属的声音。

拿在手中的钥匙圈滑落在地。

贵树看了看地面。

钥匙圈落在了地上。

但他并没有立即拾起钥匙圈。

钥匙圈上有三把钥匙。

一把是公寓的,一把是自行车的,还有一把是……

贵树移开了视线。

吸口气后,他慢慢蹲下来捡起了钥匙圈。

即便只是这样一个简单的动作,他也需要下很大的决心。

公寓前面是青梅街道。

在车辆川流不息的东京市中心街道上,贵树一边下意识地尽量伸直腰板,一边缓慢地行走。

贵树感觉冰冷的空气正在透过大衣不断诉说着他听不明白的话语。

全身的肌肉被冻得冰凉,这种沉重感就像冷冻了一般。

他穿过被栏杆围住的空地。

旁边停放着两辆黄色的起重机。

这里应该是要新建一栋大楼吧?

车子的红白光、擦肩而过的陌生人、霓虹灯广告牌、噪声。

在如此难耐的炎热天气里,街道的风景竟然像往日一样井然有序地排列着。

四周的冷漠如尖锥一样,深深地刺痛了贵树的心。

贵树面无表情地看着自己周围的一切,他感觉十分厌恶。

这点可以从他在镜子里的映象看出。

但即便如此,假如这时有人向贵树搭讪:"你怎么了?"也许他即可得到救赎吧!

就像从前一样,就像她在车站月台上突然跟自己搭话一样。

"至今为止我依然很喜欢你"——交往了三年的女朋友在短信中如是说。

"但是,即便我们互相发送一千多条短信,想必心的距离也不会因此拉近1厘米。"

或许就是这样吧!——贵树心想。

但这是我的错。

不过,我并不认为自己选错了路,只是觉得这是无可奈何的事情。自己不是一个可以轻易改变方向的人,只会笔直地向前进。在这样的街道上过这样的生活是我自己的选择,世界是世界,景色是景色,自己是自己，它们不存在特殊的关联，而我则只是跟随自己的心意向前走。

路旁停有自行车。

傍晚昏暗的阳光从自行车三角架上反射至贵树的眼内。

从紧缩的眉头即可看出。

贵树移开了视线。

阳光倾斜地照射在杂居大楼的上半部分。

干线道路的正上方悬挂着蓝色的交通标志牌。

指示道路方向的标志在夕阳逆光的反射下变得耀眼模糊。

自己这是要去哪里呢……

里纱，全部正如你所说。

只要你在我身旁，所有的一切都会远离。

但是，为何在收到你告别的短信后我的心情会变得如此低沉呢？

9

昨日的梦境至今依然记得。

这是很久很久以前的梦。

在这个梦里，两人都还是十三岁——

橙绿色的旧电车将明里带到了小山车站。穿过地下通道，走出开往上野方向的月台，她看见细腻的雪花正霏霏地从天而降。

小雪应该无法堆积起来吧？看着电光显示屏，电车可能会停运。

明里想，这雪下得正是时候。

不知为何，她忆起了很多过往。

那日也有下雪。

而且是大雪。

电车停运了。

十四年前的那一天，他站在车站的月台上，一边面迎风雪，一边不停地拼命张望过电光显示屏吧？

当时自己从未想过电车会因为下雪而停运。

他，定然也没想到吧？

现在，明里望着白云飘飘的天空，以及急速飞舞的小雪粒。

因为从小在枥木县生活，所以下雪已是司空见惯的事情。但尽管如此，每当白雪纷飞，明里心中仍会涌现出夹有些许不安的奇妙情绪。

他定然亦是如此吧？

明里跃出时间界限，幻想着十四年前发生在车站的那幕景象。

她看见一个身穿沾满雪粒的呢子大衣的少年正呆呆地站在那里。

虽然已记不清这个少年的容貌。

但缠绕在他周围的空气、他的呼吸、四周的氛围却都有意识地从明里的心中飘散出来，再次浮现至她眼前。

十三岁的少年站在电车停运的灰色车站，尽管内心充满不安、倔强和纷乱，但他还是握紧了拳头。

他在这里忍受的一切都只为与十三岁的明里相见。

他看上去如宝石一般。

是那么美丽。

那日，在这根单轨之上，电车不知停行了几次，抵达的时候已是深夜，岩舟站的周围已被皑皑白雪所掩埋。

两个人漫步在稀疏的路灯下。

穿过站前小道，眼前是被一片白雪覆盖着的宽广田园。

眺望远方，可以看见稀疏散落的灯火。回头展望，堆积的新雪中布满了两人走过的足印。

明里站在小山站的月台上，任由过往的回忆在眼前飞舞，银色的电车已缓缓进站。

她稍微调整了一下肩膀上背包的位置。

十三岁的那个夜晚，对我们二人而言，漫天飞舞的雪花就是飞扬飘散的樱花花瓣。

（——像这样，希望在未来的某一天一同前去赏樱花。）

电车在慢慢地减速。

当电车停稳时，车门正好对准了明里。

（——她和我都不再迷茫。）

自动门打开了。

（——明里这样想道。）

此时，明里透过电车车门看见了一个幻象，她看见从月台飞奔而来的身穿藏青色呢子大衣的少年……

8

贵树漫无目的地四处闲逛，等回过神来才发现四周已变得黑暗。

他不想去任何地方，只想这样行走。在不知不觉中，他走到了新宿附近，从周围的气氛来看，他明白自己仍未走出新宿区。

走在既不能说是繁华街也不能说是商业区的不完整街道上，偶尔会有行人与其擦肩而过。

道路的左手边有一家二十四小时便利店，白色的灯光从店内溢出，一直照射到外面的路上。贵树没有细想，身体自然而然地走进了这家便利店。

如果深夜无所事事在外行走，就会不自觉地被便利店所吸引。

贵树想，学生时代时，只要一有空同学们就会聚集在学生食堂，而便利店正如社会上的学生食堂。总而言之，在这里既可以买到食物，还可以翻看杂志。

贵树被玻璃窗前那个放有杂志的角落吸引住了。

他拿起一本《科学杂志》，随意翻了翻。其实他并不特别想看这本书，只是除此之外没有任何一本能让他愿意拿起来翻看的书罢了。总之，他的心思还在其他地方。

贵树心神不宁地翻看着手中的彩页。

突然，翻页的手止住了。

宇宙跃入眼帘。

确切地说，应该是绘有宇宙的插图跃入眼帘。

在一片漆黑的天空中，繁星点点。合页的右侧画有一台悬浮在宇宙之中且装有抛物面天线的宇宙探查机。虽然看上去它正悬浮在宇宙当中，但其实它正以宇宙的速度快速向前飞行着。

大标题上写有"宇宙探查机埃利什终于迈步飞向太阳系外"的字样。

贵树读着这篇报道。据报道记载，一九九九年发射的国产宇宙探查机在飞行至海王星附近时开始变换方向进行绕行星变轨，这艘探查机终于朝宇宙的边际开始永远的旅程。所谓的绕行星变轨，就是说利用海王星的重力及公转，让自身得以超运行的航行方法，这与奔跑中的人在拐弯时手抓其他物体，借助离心力转向是一个道理。

探查机在海王星附近实施最后的绕行星变轨后，再利用自身惯性持续不断地朝着离开太阳系的方向飞行。原子力电池的续航时间有二十年左右，在这期间，它会源源不断地向地球发送数据。而且，即便完成使命，探查机也无法再度返回太阳系，它只能一点点远离自己的出生地，向着虚空前行。由于它的大部分意义就在于此，所以，它必须朝着一个方向永远向前。

贵树不形于色地再次翻看了一遍，他看见合页上画满了宇宙CG图。

那才是——

就连一个氢原子也不会遇到。

突然，他感觉脊背一阵发凉。

由脊背发凉引起的寒冷感把贵树的意识拉回了正轨。

这个是"它"。

是那个家伙。

在那个岛上时，那日傍晚，升上天空的那道橘光。

和澄田花苗一起仰视的那艘火箭。

一九九九年——

那艘火箭现在已经飞到如此遥远的地方去了啊！

终于想起来了。

那个昏暗的时刻……甚至可以感受到空气的变化，仿佛四周瞬间天昏地暗。贵树意识到后便立即转过身，他发现有一束光线正在不断上升，紧接着，一座烟塔耸立在眼前。太迟了，已经开始震动了……

那是，让自己发生改变的感觉。

不。

是接受了只能"如此"的自己。

被不明所以的地方蒙蔽了双眼，一味地前进着。

贵树理解了这样的自己。

看见"它"，贵树明白了只能如此。

"原来是这样啊……"

贵树嘟哝道。

历经八年，你竟然飞到了那么邈远的地方。

现在，我停住了脚步。

也许，从在种子岛看见火箭升天的那日开始，贵树就已经停住了脚步。

关于那件事，贵树很是内疚……

然而，探查机——那艘火箭却一直坚定不移地前行着，现在已经抵达了海王星。

发射它的人并没有给它设定最终目的地，它只是遵从着"随便飞往任何地方都可以，只要飞向远方即可"的命令，就这样持续永远地进行着等速直线运动。

尽管"它"只是台机械，但贵树却被它深深地震撼了。

它一定抵达某个地方了吧?虽然不知是何处,但一定是个有价值的地方。

它向着永远飞向不知何处的地方——历经八年抵达了海王星……

然而,自己却还在这样的地方……

——不,不对。

在这个瞬间,贵树意识到了。

啊啊……

这份恬静的感动从心底泛开,逐渐蔓延至全身。

自己并没有想来到这里。

还是抵达了这里。

虽然不想让自己变成这样,但是,自己就在这里。

并不是想来这里,但是,总而言之,还是来到了这里。

所以,这里就是海王星。

——我终于来到了这里。

虽然这里并不是目的地。

但总之,自己用双脚走到了这里。

那种类似于内疚感的情绪正在逐渐消散,而且,一直缠绕在肩上及脚上的沉重感也正在慢慢消退。

贵树一身轻松地放回杂志。

他向后退了一步，然后，朝便利店的出口走去。

贵树开始思考今天清晨奇迹般回忆起的那个梦境。

那个曾经做过的梦。

那个很久很久之前的梦。

那个以从前的自己为主角的梦。

（——在那个梦境里，我们都只有十三岁。）

贵树向前走着。

他可以感受到自己的双脚与白色地面接触的触感。

（——梦里的场景是被白雪覆盖的广阔田园。）

（——在梦里堆积的新雪上，只有自己和少女的足迹。）

现在，每走一步都能感觉到那股令人舒畅的 1g 重力。

那时——

贵树很想立即伸长脊背，很想立即伸手触碰更高的地方。

他想拥有现实的力量。

梦里的那个少年……还是少年的自己如此深切地期盼着。

现在，这里拥有那股力量。

如今，站在此处的自己很想成为那时的自己。

对二人而言，漫天飞舞的雪花就是飞扬飘散的樱花花瓣。

（——何时，我们可以一起去赏樱花？）

与那时相比，贵树认识了更为宽广的空间。

与那时相比,贵树手中握有更多的东西。

那时唯一想要的东西已无法获得。

(——不再迷茫,他是这样想的。)

那日,自己想成为更加强大的人。

现在,就在这里,自己已经拥有了强大的力量。

贵树继续往外走,然后在门前停了下来。

7

自动门开了。

明里迈进了开往东京方向的电车。

6

自动门开了。

贵树迈进了二月的寒风中。

5

我一直在寻觅,寻觅着你的身影。
熙攘的街头、彷徨的梦中。
虽然明知你不在那里。

若奇迹能够发生,我要立刻与你相见。
在一个崭新的早晨,抛弃所有过去。
说出那句酝酿已久的"我爱你"。

(One more time,One more chance作词/山崎将义)

4

远野贵树望着自己居住的新宿街道,仿佛在看新事物一般。冰冷的空气吸入肺部,他抬起头,这时才发现原来自己之前一直都是垂头行走。

他吸了口气,紧接着又呼了口气。

呼出的白色气息随风飘散。

在这里。

行走。

五彩缤纷的景色有意识地向他投来，而后又飞驰离开。然后，在贵树的心中残留下什么。

雪依旧在下，要是能再下大些就好了。

贵树一边躲避夜晚市内的熙攘人流，一边向前行走。

繁华街道的灯红酒绿及各种喧闹声。

人们的气息。

霓虹灯广告牌。

高楼大厦清晰的直线轮廓。

红绿灯晕开来的光线。

过往行人的各色面容。

各式各样的装束。

发光的招牌、风、街道两旁的树木、落叶。街道两旁的枯叶被风吹散，它们似乎正在踏着舞步不断旋转，最后飞落在道路旁的电光广告牌上。

一切全化成光的信号飞入贵树的视神经，然后在他的心底留下些什么。

贵树横穿马路。

站在车道的中央。

抬头仰望被街道的灯光照亮的飘落着雪花的天空。

看着从天上飘落的无数雪粒,从中央一点向四方飞舞,以放射状的形式散落在四周。

夜空中有鸟儿飞过。

铺设在人行道上的石头排列成的花纹。

护栏。

路过工地现场。

正在建造的大楼上方耸立着几台建设用的起重机。

磨损了的车站台阶。

自动检票。

从车站月台俯视车道。

尾灯的光线像河流一般。

贵树回到了公寓。

钻进被窝后便进入了深沉的梦乡。

然后他再次梦见了。

梦见了幼时的事情,梦见了少年时代的事情,梦见了中学时候的自己,高中时发生的事情像电影般在意识的屏幕中来回播放。

在长野林间嬉戏奔跑的回忆已在不知不觉中被穿过市中心神社的回忆所取代。然后,那时全身的感觉又转移到在种子岛骑车爬坡的感触里。

贵树想起了几个印象深刻的伙伴,还有几个触动贵树心灵的女生。

他想起了澄田花苗柔软的手腕及纤细的肩膀。

想起了去东京时的日子。

想起了那日在种子岛机场背负沉重的行李及澄田花苗前来送行的情景。

虽然不是什么大不了的事情,但为何……

那时如咀嚼金属般的痛苦心情依然记忆犹新。

贵树想起了在兼职私塾讲师时认识的那位气质高雅的冰山美人。

真想再见她一面。

想起了朴素的水野里纱和她那温柔的声音。

每次听到她的声音,总有种喉咙深处微微发痒的感觉。

沉浸在温暖的黑暗中,细细品味过去的回忆。

醒来。

下楼,走出公寓。

呼吸清晨的空气。

漫无目的地走着。

酣睡好梦后的贵树依然酩酊于这个现实的生活当中。

他看着那些逐一被朝阳照射着的排列在住宅区街道上的小型建筑物。

站在两旁围有栏杆的坡道上,看着缓缓上升的朝阳。

柔和的阳光洒满整个小公园。

贵树用肌肤感受着世界。

他感到身体深处残留的记忆世界正与当下的现实世界融为一体。

各种各样的记忆。

走过古老的大石桥,这条街上积淀着比贵树更为久远的记忆。

他站在石桥正中央,俯瞰桥下的河流。

河面波光粼粼。

突然,他想起了大海。

想起了脚踩自行车在国道上行驶的事,右手边是一望无垠的大海,那里的景色是如此美轮美奂。

从高架下穿过。

看见停放在墙壁旁的自行车,对面是薄云飘飘且宽广无垠的晴空。

交通指示牌的影子弯弯曲曲地倒映在斑马线上。

身背运动包的高中女学生正快步行走于道间。

城市的天空一片蔚蓝。

阳光倒映在穿过城市的河流之上。

清晨,走进站前有咖啡的面包房,端起咖啡慢慢品味。

坐在沿窗的座位上,透过玻璃看店前的道路,抱着舒适的心情长时间眺望着上学及上班的川流不息的人群。

走出店门，冬日的空气已渐渐变成让人舒心的温度。

突然，想去新宿南口的南阳光广场逛逛。

从新宿站这边稍稍攀爬几段阶梯便可看见沐浴在阳光下且泛着白光的具有公园特色的宽广的散步人行道。

贵树在道路的正中央停住了脚步。

这条散步人行道要是车道的话，应该可以同时容纳好几辆并排行驶的车辆吧！稀疏的行人有些从贵树身后追上超越，有些则从其前方迎面走来。

有人坐在植有树木的坡道上，只是为了吹吹风。

贵树慢慢地靠向左侧，将身体倚在了绿色的人行道栏杆上。

从类似于高地的南阳光广场的边缘往下看，可以看见绵延不断的JR线。眼前的这幅景象与从桥上窥视桥下河流十分相似。

他眺望着来来往往的电车。

微风徐拂。

天空是一片淡淡的蔚蓝色。

在天空低处的一角，可以窥见DOCOMO铁塔的部分尖顶，它看上去好似一座中世纪钟塔。

不知从何处飞来了一些不知名的白花，它们乘风飞舞，从贵树眼前飘过。

贵树试着伸出手去。

一片花瓣十分乖巧地落在了贵树的手心。

贵树小心翼翼地握紧花瓣,仿佛很怕弄坏了一样。

想起了高中的那个春天,也有这样的樱花花瓣落至掌心。

种子岛的樱花已盛开。

岛上温暖的空气能让全身由内到外逐渐苏醒。

想起了仰视瞟见的广阔天空。

种子岛夏季的天空清澈蔚蓝。

想起了那片令人窒息的深蓝色。

至今为止,依然可以闻到那片嫩草散发出来的清香。

心已飞向那片布满嫩草的小山丘。

青草随风起伏。

风儿带来泥土的气息。

远方飘来潮水的香味。

山丘下方较远处,可以看见蔚蓝无垠的大海。

海面上卷起的白色浪花。

带给身体剧烈温暖的白色太阳。

光彩夺目。

且炙热。

它似乎可以熔化人类的意识。

意识恢复过来。

整个人都被这个世界包围了。

被这个世界包围。

被这个世界拥抱。

鸟儿在天空中飞翔。

不知名却着实可爱的野花。

长有翅膀且围绕花儿纷飞的小虫。

从山丘往下看,可以看见种子岛宽广的平地。

郁郁葱葱的山林、呈现温柔绿色的甘蔗地、种子岛甜薯的绿叶井然有序地连成了一片、红色的大地、蔚蓝的天空、卷曲闪亮的云朵、随风摇曳的防风林。

炙热的阳光。

炙热的风儿。

旋转的风车。

这些都是从记忆中复苏的景色。

突然有种想哭的冲动。

那个地方是如此美丽。

为何当时没有发现?

很漂亮。

很漂亮。

原本应该理解它的美丽,但那时却全然没有发现。

自己也曾那样被祝福。

转身。

仰望。

试着旋转身体。

世界跟着旋转。

一切犹如星云般旋转,然后聚集到自己身旁。

贵树现在正处于宇宙的中心。

3

冬季结束时,明里结婚了,樱花盛开的季节终于来临。

明里心想,新婚生活简直就像画中描绘的一样美妙。

作为新房,他们在吉祥寺买了一套公寓。虽然又旧又窄,但还是比较适合居住的。而且,狭窄的房屋似乎可以让家人之间变得更亲密。

成为明里丈夫的人是个正在为房贷忧愁且一脸严肃的人。

虽然结婚了,但仍在继续工作,因为没有理由辞去自己喜欢的工作。

"我想听你说说看,工作和我哪个更重要?"

每当明里这样跟他开玩笑时,他就会摆出一脸焦虑的样子,而这总让明里大笑不止。当然,明里从不说些让人悲伤无聊的话,这点双方已达成共识。正因如此,她才能笑得出来。

这个话题很欢乐。

因为他不擅长洗衣做饭,再加上明里对这两件事也并不讨厌,所以洗衣做饭便成了明里的工作。他是个连摁洗衣机按钮这种极其简单的事都不会的人,也不会叠衣服。

为了弥补自己的不足,他一定会亲自熨平自己的衬衫。而且,还相当擅长。作为男人,他貌似有自己拘泥的原则,真是个让人捉摸不透的人。

不过,清扫和洗碗都是由丈夫负责。就性格而言,这两份家务对对方来说都不是很辛苦,这也是明里梦寐以求的事情。

做完饭完全不用考虑洗碗,这是多么幸福的一件事啊!

但是,明里有时还是想教他如何叠衬衫、如何煮粥,因为这些事情真的非常简单。

那天是星期六,是休息的日子。

因为有一份比较棘手的工作,所以即便周六,丈夫还是一早就出门上班去了。他是一个非常热爱工作的人,尽管打乱了新婚假日,但还是非常开心地出门了。

在阳台上晾衣服的明里的心情也很好。

真是个好天气啊!

昨日丈夫仔仔细细地打扫了一遍屋子,因此现在屋内可谓是一尘不染,这让原本就很开心的明里越发欢欣起来。

家庭生活很美满,工作也很顺利。

一切都很充实。

欸?

咦?

突然那时明里的心中似乎有什么东西正在萌芽,也可以说是有什么东西似乎绊住了明里的心。

明明有个非常重要的约定,但貌似已经忘记了。

这种感觉好似借了某人一件非常重要的东西却一直没有归还。

明里心不在焉地呆站着,目光则在扫视阳台上的风景。

突然,一个小东西飞舞进了明里的视线。

这是一枚不知从哪儿飘来的樱花花瓣。尽管明里伸手想要接住这片花瓣,但因为反应有些迟钝,花瓣最终从明里的指间漏过。

樱花也许是在引诱明里。

她突然产生了一种跟随樱花四处看看的冲动。

于是,她走向了代代木公园。

2

贵树已经开始新的工作。

虽说如此,但自己能做的也只有程序设计而已。自从进入公司后,这种能力在不断地积累提升。所以,只要工作与这个领域相关,不管走到哪里贵树都有百分百的自信。

在公司上班时,贵树认识了几个关系不错的业内同行,于是,他不断恳求他们帮忙介绍工作,他说:"虽然我从公司辞职了,但如果有那种可以独立完成的小项目,不妨介绍给我做做看。"值得庆幸的是,结果比想象的要好很多,尽管社会不太景气,但他们还是立即给贵树推荐了几份工作。

其中有一位同行在跟贵树商量时,坦率地说:"且不说人怎么样,能力还是很强的。"听完后,贵树苦笑不已。此外,还有直接挖墙脚的人,也就是说,他当面邀请贵树去他公司上班,但贵树只能婉言谢绝:"您的好意我心领了,但……"

贵树搬到了涩谷区的2K公寓。

他买了一台苹果高级终端电脑以及一台组装Windows个人电脑,另外,还购置了一张大写字台和一把大靠椅,将公寓的一部分改造成了工作室。印完名片后,他就在这里开始了自由编程的事业。

只须考虑交付期,其余都可按照自己的节奏推进。做自己想做的工作，心情无比舒畅。

　　虽然有时也会出现突然要求变更样式的情况，以及提出无理要求希望重新制作的情况，但贵树觉得这些情况也没有太糟糕，所以通常他都会非常大方地接受客户的要求（但他有时也会被客户气得够呛）。

　　他可以根据自己的喜好选择放松休息还是通宵作战。

　　获得解放后，重力也不会再忽增忽减了。

　　这是何种心情，就连贵树自己也不知道。他开始自己做饭，一天三餐都是自给自足。其实，这些都是想做就可以做到的事情。另外，他想要一个大容量的冰箱，于是，他又购买了一台冰箱。

　　买了书架和储物架后，开始整理房间。换作以前，贵树一定会把这些资金花在其他地方。

　　在二十四英寸的显示屏上挪动鼠标确认，然后将手从键盘上移开，背靠座椅伸展手臂。

　　通宵熬夜的翌日上午十点。

　　从敞开的窗户外飘进来的春天的气息温暖了贵树的心。

　　窗帘随风摇曳。

　　他的身体仿佛被春天的暖风牵引着一般，贵树走向了户外。

1

话说回来,这种类似被牵绊的心情从婚前就已隐约存在,但明里一直认为这是婚前恐惧症。

然而,似乎并非如此。

难道是意识深处正在对这场婚姻表示后悔?

明里禁不住安慰自己:"不是,不是这样的!"

在下北泽车站从井之头线换乘至小田急线,然后在代代木上原下车,开始步行。

婚后竟然会因为这样的事情焦躁不安,就连自己都倍感惊讶。

明里一边听着快速前进的脚步声,一边往前行走。

沐浴在暖洋洋的阳光下,肌肤也微微变得有些暖融融。走着走着,似乎有些犯困了。

她路过了一个风景优美的、看似电影或电视剧外景拍摄地的宽阔道口。

几户民居沿着轨道并排而建,在称不上庭院的院子里种满了树木,艳丽的绿色在春天的阳光中显得光彩夺目又美丽漂亮。

穿过道口,可以看见对面满目绿色的代代木公园。

警报器旁种着一棵巨大的樱花树。

树上没有一片树叶。

因为此时正值樱花盛开的时节。

高高的树枝被染上了松软且微微泛白的粉红色。樱花树沐浴在阳光之中,花瓣柔和地反射着阳光,看上去很像一盏巨大的台灯。

花瓣从樱花树上飘落,随风起舞,落至道口,飞至轨道上空。

明里行走在漫天飞舞的花瓣中。

走至道口三分之一处时,警报器开始发出当当的鸣声。而就在她想要继续穿过道口时,遮断器被放下来了。明里目测了一下,发现即便加快脚步也无法赶上。

真的像画中的景色一般。

明里想,简直就跟雪花一模一样。

温暖的空气让人心情舒畅,心似乎也要融化了。明里站在原地陷入放空状态。

突然,明里好像与谁擦肩而过。

0

别人看来我仿佛在发呆,但实际上我的情绪正激烈地起伏着。心情稳定和不稳定其实存有明显的差别,例如喜欢的人站在眼前或正在想念那个人时,常会出现精神恍惚的现象;而在思考很多事情时则会出现心情苦闷、痛苦、焦虑的现象；当心情起伏明显时，时常会在内心的角落记下一些事情。但是，如果心情稳定的话那就另当别论了。当心情风平浪静时，可以非常熟练地处理工作及日常生活琐事，还能冷静面对现实。这些情绪带来的影响就像沙漠中的温差一样明显，如果这两种状态可以均衡些的话，那自己就可以成为一个正常人了吧！

摁下按钮时的力量连自己都深感惊讶，自己曾经用过如此之大的力量喜欢过一个人，而这股能量又是从何而来呢？

是啊……

这真的很重要，对生存而言，它是非常珍贵的东西。因为有它，我才能在这个世上存活。

想寻找到那个人，想被那个人寻找到，双方邂逅，彼此了解。

明里知道在遥远的过去，在那天，在那个时刻，她有过非常美妙的体验。

活着不可能总是遇到一些美好的事物，令人苦痛的回忆也是存在的。除此之外，还有那种绞痛五脏六腑的痛苦。但即便如此，我依然可以感觉到有什么正在守护着我。不管是被自己信赖的人背叛也好，还是比这更令人伤心的事情也罢，抑或是在人际关系跌入谷底的高中时代，以及独自躲起来的午餐时间。

它一直守护着我，并不断赐予我力量。在我真正痛苦难耐时，总能感受到那股存在于心间的帮我分忧解难的不可思议的力量。

不管在何处，这个存在都会一直与我相依相伴，始终守护在我身旁。它存在于目光扫过的邮箱阴影下，存在于幽深小巷的窗台下，存在于对面的月台处。只要是我心灵所到之处，它都会永远追随陪伴。

所以，我会变得更坚强。

我不曾孤独。

1

和站在道口正中央的女子擦肩而过的瞬间，贵树心中涌现的是巨大深刻且致命的理解。

一切都已明朗，那种真实的压迫感向贵树袭来，然而理解的内容绝不会再次出现在贵树的意识里。明明理解了全部，但到底理解了什么却无以言表。

无法整理自己内心的想法，混沌的记忆及情感在坚硬之声响起的瞬间开始重组、分离、变形，然后汇聚到了它们应该前往的地方。

贵树心中的那两个太阳，在幻想的地平线渐渐像沙砾般收缩粉碎，变成闪闪发光的粉末后飘散而去。这些粉末变成了雪花，雪花堆积在窗框上，堆积在停止的电车上。黑暗中的雪景，静止的时间，停止的时间和空间就这样朝别的次元膨胀。火箭变身成了大楼，大楼变换成程序文字列，文字列变化成了结晶。最后，一切情感都凝结成透明的水晶，裂得粉碎。

这是一种在不知情的情况下突然被枪射穿脑部的触感。

樱花花瓣四处飞舞。

宛如自己的情感碎片般。

开始出现混乱。

被一股来路不明的强制力牵引着。

贵树就这样笔直地向前走。

报警器再度鸣响。

——现在，如果回过头去，想必那个人也会回头吧！

穿过道口，遮断器在身后放下。贵树停住了脚步。

——有一种强烈的感觉。

贵树转过身去。

女子也慢慢地转过身来。

贵树看见了女子的侧脸。

这时，小田急线的电车在一阵轰隆声中从左侧驶来。电车以飞快的速度行驶在道口之上，遮住了贵树的视线。行驶在蓝色线路上的银色车体就像河流般流淌，在贵树和那位擦肩而过的女子间竖起一道高墙。

这是一列很长很长的电车。

那位女子就在电车的对面。

无法穿过。

电车简直就像一堵震耳欲聋的墙壁,什么也听不见。

快了。

电车马上就要驶过去了。

在认为立即就会驶过去的瞬间,从右侧又驶来一辆电车,视线再次被遮挡。

看不见那边。

那个人也看不见这边。

只感受到行驶而过的电车散发出来的风压。

贵树迈开一只脚,下意识地侧了侧身。

啊啊!换作几个月前的话,我也许会强行奔向道口自杀。

耳边仍有那两辆驶过的电车残留下的微弱余音。

警报停止了。

遮断器开始上升。

空气中弥漫着浓郁的春日气息,金色的阳光倾泻而下,轨道上空有花瓣在飞舞。

警报器旁有一株给人强烈感触的粉色樱花树。

在那片景色中——

已经没有那位女子的身影。

花瓣被风卷起。

不可思议的是，脸上浮现出了灿烂的笑容。

不知为何，对那位女子没有转身回头感到非常焦躁。

贵树自问。

那位女子到底给予了他什么？

虽然只是匆匆望了一眼侧脸，但我能感觉得到她是位漂亮的女子。

从她的身影中可以体会到什么？对！一种类似于幸福的氛围，或者说是满足感如波涛般传递到了我的心田。

太好了！

那种感觉十分爽快！！

人们的幸福是一件多么美好的事情啊！就连自己也因此有了舒适的心情，而且同时还想将这份心情传达给他人。

奇妙的是，感觉身体开始充满力量。

预感似乎有什么新事物正在慢慢萌芽。

2

转过身，背对道口继续前行。

温暖的空气让人心旷神怡，心似乎在渐渐融化。

那么，接下来该干些什么？

能做些什么？

试着打个电话也很好。

打给谁呢？

谁都可以。

只要知道电话号码就能拨通，能跟谁说话呢？

手机忘在了家里。

不知这附近是否有公用电话……？

先试着在这附近找找看吧！

对，就这么干！

去哪里都可以。

贵树迈开脚步。

然后在转角拐弯。

贵树君：

近来可好？

在约定见面的今日竟然下起了鹅毛大雪，真是非常抱歉！电车貌似晚点了，所以我在等待贵树君的这段时间里给你写下了这封信。

我眼前有一个暖炉，所以这里很温暖。而且，为了随时给你写信，我在背包里准备了信笺。待会儿我想将这封信交给贵树君，所以你要是早到的话我可能会很困扰哦！请不要着急，慢慢来。

距今我们已很久未见面了，大概有十一个月了吧！因此，事实上我有点紧张。如果我们见到了却没有注意到对方的话，那该怎么办呢？但跟东京相比，这是一个非常小的车站，所以应该不会认不出来吧！不过，一想到你身穿校服努力参加足球社团的样子，我就会有种陌生感。

在这里，我写下了迄今为止无法言表的心情。

当我小学四年级转校来东京读书时，觉得能有贵树君陪伴在身旁真是太幸福了！可以跟贵树君成为朋友，我很开心。如果没有贵树君，那学校对我来说就是一个十分痛苦的地方。

正因如此，我真心不想离开贵树君转往其他学校。我想跟贵树君上同一所中学，我想跟贵树君一起长大，这是我长期以来一直迫切期盼的事情。虽然现在已经习惯了这里的中学生活（所以请不要为我担心），但我每天还是会无数次地这么想："要是贵树君在就好了！"

另外，对于贵树君即将搬往更远的地方生活这件事，我感到十分悲伤。虽然东京离枥木也很遥远，但我时常这样安慰自己："不管怎样，我还有贵树君！"因为坐电车立即就可见面，但这次竟然是要搬到九州的对面去，这实在是太遥远了。

从今往后，我必须独自认真生活。我真的可以做到吗？我稍微有点缺乏自信。

我必须写下这么多的话，因为今天信上的这些文字都是我无法言说的心里话。

我喜欢贵树君,虽然已经不记得是从什么时候开始喜欢上你,但我在很自然的情况下不知不觉地就喜欢上了贵树君。初次见面时,我觉得贵树君是一位坚强出色的男子,因为贵树君可以守护我到永远。

贵树君,你一定会幸福快乐。不管遇到什么事,你都能成为一个独当一面的人。不管贵树君去了多么遥远的地方,我都会永远喜欢你。

请一定谨记于心。

明里：

　　近来可好？现在是夜晚九点，我在自己的房间给你写下了这封信。透过窗户，可以看见窗外楼房散发出的微弱的光点。现在从明里房间的窗户往外看的话，不知可以看见些什么。我有点无法想象。

　　虽然我的数学家庭作业还没完成，但最近我常常逃课。我觉得反正同一个足球社团的朋友们都没有认真完成作业，而且过不了多久就要搬家了，所以写不写都无所谓了吧！

　　还有两周就到了我们约定见面的时间了吧？我打算那时把这封信交给你。

　　我要搬到九州对面的一个小岛上，那里貌似很农村，但好像有NASDA火箭发射基地。对此，我感到十分兴奋。如果可以亲眼目睹火箭发射的场景，我想把我见到的盛大场面告诉明里。现在，我可以期盼的也只有这个了。

　　说实话，一想到自己必须搬到那么遥远的地方居住，我就会深感不安。我果然还是想尽早长大成人，我现在有种想中途放弃的冲动。要是可以尽快见到明里的话，那该多好啊！从前我为何没有跑来见明里呢？自从升入中学后，我有很多话想对明里说。我一直都很想见明里，我喜欢明里。

我不知道长大成人后我该具体干些什么。

但我想成为一个不管何时无论何处偶然遇见明里都不会羞涩的人。

关于这个，我想和明里做个约定。

图书在版编目（CIP）数据

秒速5厘米：典藏版／（日）加纳新太著；冷婷译．— 北京：北京联合出版公司，2017.3（2023.6重印）
ISBN 978-7-5502-9276-5

Ⅰ．①秒… Ⅱ．①加… ②冷… Ⅲ．①长篇小说－日本－现代 Ⅳ．① I313.45

中国版本图书馆 CIP 数据核字（2016）第 299081 号

BYOSOKU 5 CENTIMETER one more side
©2011 Makoto Shinkai / CoMix Wave Films ©Arata Kanoh
All Rights Reserved.
First published in Japan in 2011 by KADOKAWA CORPORATION ENTERBRAIN
Simplified Chinese translation rights arranged with KADOKAWA CORPORATION ENTERBRAIN
through Tuttle-Mori Agency, Inc., Tokyo and Bardon Chinese Media Agency, Inc.
Simplified Chinese edition copyrights:©2016 by Beijing Xiron Books Co., LTD.

著作权合同登记 图字：01-2016-9843 号

秒速5厘米

作　　者：〔日〕加纳新太
译　　者：冷　婷
责任编辑：李　征
特约监制：何　寅
产品经理：夜　莺
特约编辑：唐　宁
封面设计：所以设计馆

北京联合出版公司出版
（北京市西城区德外大街 83 号楼 9 层　100088）
河北鹏润印刷有限公司印刷　新华书店经销
字数 180 千字　787 毫米 ×1092 毫米　1/32　10.375 印张
2019 年 10 月第 2 版　2023 年 6 月第 31 次印刷
ISBN 978-7-5502-9276-5
定价：45.00 元

未经许可，不得以任何方式复制或抄袭本书部分或全部内容
版权所有，侵权必究
本书若有质量问题，请与本公司图书销售中心联系调换。电话：010-82069336

『秒速5センチメートル』

樱花下落的速度,
依旧是秒速5厘米。
而即使我们之间
通过千条短信,
我们之间的距离
也不会拉近一厘米……

THE END